NOVELA DE NIÑOS

KLAUS MANN

NOVELA DE NIÑOS

TRADUCCIÓN DE
ROSWITHA S. VON HARTTUNG

EDITORIAL JUVENTUD, S. A.
PROVENZA, 101 - BARCELONA

Título original: KINDERNOVELLE

Primera edición, 1993
Depósito Legal: B. 35.679-1992
ISBN 84-261-2724-X
Núm. de edición de E. J.: 8.765
Impreso en España - Printed in Spain
Indugraf, S. C. C. L. Badajoz, 145 - 08018 Barcelona

Dedicado al joven poeta francés René Clavel.

PRÓLOGO

Cuando en octubre de 1926 se publicó por primera vez esta bella narración, su autor, que aún no tenía veinte años, era ya bastante conocido. La editorial promocionó esta obra, Kindernovelle (Novela de niños), *con el eslogan «Un nuevo Klaus Mann». Significaba esto que no sólo se trataba de un nuevo libro del autor, sino también que éste había cambiado. Asimismo se podía leer: «Esta vez, lo problemático pasa decididamente a un segundo término.»*

En 1924, Klaus Mann había empezado a publicar como autor profesional pequeños escritos y reflexiones. Pronto obtuvo un empleo fijo, como segundo crítico teatral, en un diario berlinés. En la primavera de aquel mismo año se publicó su primer libro: Vor dem Leben *(«Ante la vida»), un conjunto de cuentos en los que en casi todos trataba su propia infancia y pubertad, y en el mes de diciembre siguió su primera novela:* Der fromme Tanz. Das Abenteuer einer Jugend *(El baile inocente. La aven-*

tura de una juventud). Stefan Zweig, venerado sobre todo por los lectores jóvenes, le escribió:

> *«Siga así, querido amigo. Puede ser que algunos se inclinen a considerarle simplemente como el hijo de un padre famoso. ¡Que no le importe tal prejuicio! ¡Trabaje! Y piense en mí durante su trabajo, en la esperanza que he puesto en usted, en la confianza que le tengo.»*

Algunos meses antes, Klaus Mann, casi sin querer, había logrado un clamoroso éxito con una pieza de teatro, Anja y Esther. *La acción de esta obra se sitúa en un reformatorio para jóvenes y trata de enamoramientos y del amor; un tema que bastaba para escandalizar al público y a una parte de la prensa, y más aún tratándose del amor entre dos jovencitas. ¡Y los actores principales!: Gustaf Gründgens (1899-1963), que comenzaba entonces a convertirse, como actor y director, en el famoso «G. G.»; Pamela Wedekind (1906-1986), hija mayor del dramaturgo Frank Wedekind (1864-1918), que en aquella época horrorizaba a cualquier autoridad y a la buena moral burguesa; Erika Mann (1905-1969), la hermana mayor de Klaus, y, finalmente, el propio autor en persona. En el escenario, un actor y tres «hijos de literato» que fuera de él también destacaban por su forma de vida poco burguesa: Gründgens amaba sobre todo a los* hombres —al igual que Klaus Mann—, y Erika Mann prefería a las mujeres. Todo esto, naturalmente, sólo eran rumores. Sin embargo, Gründgens y Erika Mann se casaron poco después; Klaus Mann y Pamela Wedekind anunciaron su compromiso... ¡Actores e «hijos de literato»! Todo esto era lo que, al editarse Die Kindernovelle, estaba detrás de la frase «Un nuevo Klaus Mann».

Pero la situación aún era un poco más complicada. Thomas Mann era famoso «y además» tenía éxito. A finales de 1924 había vendido de su tercera novela, Der Zauberberg —editada en dos gruesos volúmenes que no eran precisamente baratos— casi sesenta mil ejemplares. (En España la obra se publicó por primera vez en 1934 con el título La montaña mágica y el significativo subtítulo «Novela monumental representativa de nuestro tiempo». Entonces, en Alemania, Hitler ya estaba en el poder.) Además, Thomas Mann había empezado a escribir muy joven: en 1898 había destacado con un compendio de relatos cortos titulado Der kleine Herr Friedemann («El pequeño señor Friedemann»). A la edad de veinticinco años había terminado su gran novela Buddenbrooks, que apareció a finales de 1901 (en España en 1936: Los Buddenbrook. Ocaso de una familia). En 1903 publicó el tomo de relatos Tristan (en español por primera vez en

1946), más tarde la novela Königliche Hoheit *(en español:* Alteza Real, *en 1928), a la que siguió* Der Tod in Venedig *(*La muerte en Venecia, *1920) y luego, en 1918,* Betrachtungen eines Unpolitischen (Reflexiones de un apolítico), *en parte altamente reaccionarias, y finalmente, en 1922, con el discurso* Von deutscher Republik (Sobre la República Alemana), *Thomas Mann se había confesado explícitamente partidario de la democracia. Era, junto con Gerhart Hauptmann, el representante de la literatura alemana establecida.*

A los hijos de padres famosos, las cosas les resultan siempre fáciles y difíciles al mismo tiempo. En las casas de la alta nobleza, en las familias de grandes comerciantes, en las dinastías de los artistas de circo, este fenómeno se desarrolla gradualmente durante generaciones. A los «hijos de escritores», si realmente quieren dedicarse a la literatura, les resulta muy fácil serlo, porque para ellos hay puertas ya abiertas, y a la vez muy difícil, pues de ellos se espera por lo menos tanto como de sus progenitores. En 1932, Klaus Mann escribía que no supo «cómo podría haber emulado al bloque monolítico de la proeza espiritual» de su padre (en el sentido de contraponerse*). ¿Sería posible colocarse a su altura mediante el método escogido por él: publicar a una edad aún más temprana y escribir aún más de prisa?*

Esta contienda pública, aunque con medios

desiguales, se desarrolló en todo momento dentro de las normas de la cortesía. Un aliado secreto de Klaus fue Heinrich Mann —el autor de Profesor Unrat (El profesor Unrat; *literalmente, «El Profesor Basura») y* Der Untertan (El súbdito)—, *hermano mayor de Thomas Mann y su rival en tanto que autor. Otro ejemplo a seguir por el joven.*

En junio de 1925, Thomas Mann cumplía cincuenta años, lo que fue motivo de una gran celebración. También Klaus le felicitó públicamente por medio de un artículo en un periódico, en el que terminaba justificándose explícitamente por hacerlo de esta manera. Y es que había sufrido un desprecio. Die Neue Rundschau *(la revista cultural y literaria más importante de aquellos años, editada por la misma editorial que publicaba la obra de Thomas Mann: S. Fischer, de Berlín) había incluido en su número de junio varias aportaciones literarias honrando al gran escritor. Entre los colegas que le felicitaron estaba Stefan Zweig, y también uno de la nueva generación, Otto Zarek. Hasta aquí, todo en orden. Pero la revista tenía también algo más picante que ofrecer: la primacía de un nuevo relato de Thomas Mann, muy divertido y poseedor de un virtuosismo malicioso:* Unordnung und frühes Leid *(editado en español en 1968 como parte de sus* Obras completas: *«Desorden y sufrimientos tempranos»). Esta narración se sitúa en 1923, la época* de la gran depresión, y en ella se vieron reflejados Klaus y Erika Mann junto con algunos de sus amigos. La descripción de todos ellos no era nada halagadora. Sobre todo el caprichoso joven «Bert» (tan parecido a Klaus) salía muy mal parado en comparación con los demás. El padre, el «profesor Cornelius», estaba preocupado por él. Pero lo peor era que el profesor dudaba del talento de su hijo. Ciertamente, la literatura no es la vida, pero se alimenta de ella, influenciándola después. De algunas cartas de aquella época se puede deducir cuán profundamente Klaus se sintió afectado, sobre todo cuando su padre, después de que la narración hubiera sido editada como libro en 1926, hiciera una lectura de ella en público. Es verdad que al «profesor Cornelius» tampoco se le describía de una forma muy favorable, pero, al fin y al cabo, él mismo lo había escrito; y el león se puede permitir enseñar su zarpa.

¿Qué hizo entonces Klaus Mann? Tuvo la inteligencia suficiente para no vengarse directamente. La misma revista *Die Neue Rundschau* le ofreció la oportunidad de reclamar los derechos de la joven generación que tenía que vérselas con un mundo irremediablemente confuso por culpa de la guerra que habían hecho sus padres. Y la tomó escribiendo el ensayo *Fragment von der Jugend (Fragmento sobre la juventud)*, en marzo de 1926. Y en el verano del mismo año publicó un pequeño artículo titula-

do «Die neuen Eltern» *(«Los nuevos padres»). Simultáneamente, la revista publicó un reportaje sobre una visita en la casa de los Mann en el que salía toda una colección de frases de Thomas Mann acerca de la gente joven:* «Die neuen Kinder» *(«Los nuevos hijos»), ilustrado con fotografías del hijo y del padre. Esto, a pesar de todas sus diferencias, proporcionaba una impresión de cierta armonía (no necesariamente engañosa). Sin embargo, un hombre tan lúcido como Berthold Brecht* —enfant terrible *de la escena literaria de entonces— vio más allá y escribió sobre este asunto un comentario satírico:* «Wenn der Vater mit dem Sohne mit dem Uhu...» *(«Cuando el padre con el hijo y el búho...»).*

> *«Esta mañana he leído el* Búho. *Allí, el señor Thomas Mann (¿quién* es *Thomas Mann?) mira preocupado a su famoso hijo (¿quién no le conoce?) y dice después de una pausa: "¡Cuando pienso en estos gigantes Björnson y Tolstoi...!"»*

Este comentario atacaba más al padre que al hijo, y, aunque a este último se le trataba como quantité négligeable, *en general podía suponerse que esta diatriba, más que contra Klaus Mann, estaba dirigida contra el padre; pero éste era tan difícil de atacar...*

Cuando aparecieron estos escritos, ya estaba terminado Die Kindernovelle, *cuya redacción Klaus Mann había empezado en la primavera de 1926. El renombrado periódico* Berliner Tageblatt *había publicado en el mes de abril un pequeño bosquejo literario,* «Spielende Kinder» *(«Niños jugando»), al parecer un estudio preliminar para nuestro relato, pero con una importante diferencia: este apunte corresponde esencialmente a las escenas de los niños en los dos primeros capítulos de la novela, pero con ellos no está la madre; los padres se encuentran de viaje, la madre* y *el padre. Para ampliar el relato, Klaus Mann simplemente ha «asesinado» al padre y lo ha colgado de la pared bajo la figura de una mascarilla mortuoria; que vaya mirando desde allí.*

En su segunda autobiografía (escrita en inglés) (The Turning Point, *Nueva York, 1942), Klaus Mann cuenta el planteamiento de este relato:*

> «I wanted to write a new story. Something on children, two boys and two girls. Yes. And about their mother, a widow. Life in the country. Children play games and talk fancy stuff. Yes. And then, mother has an affair. Naturally. The vagabond —savagely attractive. Invades idyll. Fools around with kids; seduces widow. Of course.»

(«Quise escribir una nueva historia. Algo sobre niños, dos chicos y una niña. Sí. Y sobre su madre, una viuda. La vida en el campo. Los niños juegan y fantasean. Sí. Y luego la madre tiene un affaire. *Naturalmente. El vagabundo. Salvajemente atractivo. Invade idilio. Se divierte con los niños; seduce a la viuda. Claro.»)*

Pero ¿es realmente el joven Till quien seduce a la viuda Christiane? ¿Era éste el planteamiento inicial o engaña el recuerdo? Posiblemente se esconde detrás un sueño, un deseo.

En alguna ocasión, Klaus Mann confesó que no era capaz de inventar. Necesitaba personas con el encanto suficiente para que le sirvieran de modelo. Las cosas iban mal para la creación de Die Kindernovelle. *El plan era bueno, pero...*

> «But the lover was missing. I called him, clamored for him, employed all sort of devices to catch his face, his voice, his appearance. But he refused to show up. (...) Poor widow. (...) I had created her, and now I let her down. It was not very gallant.»
>
> *(«Pero faltaba el amante. Lo llamé a gritos, empleé toda clase de trucos para captar su cara, su voz, su apariencia. Pero se negaba a aparecer. (...) ¡Pobre viuda! (...) La*

había creado y ahora la dejaba en la estacada. No era muy galante.»)

Klaus Mann se fue de viaje y, como él mismo cuenta, se encontró en París con el escritor René Crevel (1900-1935), que justamente acababa de conseguir la fama con su novela La mort dificile. *(En España se le conoce por su libro sobre Dalí:* Dalí o el antioscurantismo, *que apareció en 1977.) Klaus Mann se enamoró perdidamente de Crevel y lo incorporó en su* Kindernovelle *como amigo de los niños y* lover. *A él está dedicada la narración. Bajo este punto de vista, la* Kindernovelle *es una declaración de amor de Klaus Mann a René Crevel. No importa que se piense en Heiner y Till, o en Till y Christiane; es un* hombre *quien observa con los ojos a Christiane, y es un* hombre *por quien le asoman las lágrimas al pequeño Heiner.*

> *«Pero el que te guste* Kindernovelle *—escribió Klaus Mann en octubre de 1926 a un amigo— me alegra; parece que, en general, este relato encuentra muchos partidarios. La verdadera historia de amor suele ser citada como su parte más floja, pero le tengo afecto. Y realmente amo a Till.»*

Pero, naturalmente, Till no es René, si acaso lo era, y ahora René Crevel podía leer el libro.

Seguramente Till refleja en parte también al mismo Klaus Mann. En literatura, las ecuaciones sencillas entre personajes reales y de ficción nunca se resuelven.

Las escenas de los niños, de una maravillosa fuerza persuasiva, se sitúan cerca de Munich, donde la familia Mann tenía una casa de campo antes de la primera guerra mundial. Esta localización fue confirmada por el mismo Klaus Mann, que lo cuenta en su primera autobiografía, Kind dieser Zeit (Un hijo de su tiempo), *y más extensamente en la ya mencionada segunda autobiografía, y aún con más detalle en la tercera, que fue sacada de la segunda:* Der Wendepunkt (Punto de inflexión), *aunque nunca después con tanta compenetración y tanta proximidad a su infancia como en la Kindernovelle.*

El mismo Klaus Mann había recomendado leer la Kindernovelle *explícitamente como un «cuento cómico» (en cartas que acompañaban la novela dirigidas a los renombrados poetas Hugo von Hofmannsthal y Rainer Maria Rilke). ¿Cuál fue la lectura de su padre? El 17 de octubre de 1926, Thomas Mann escribió a Erika: «He podido reír bastante. Pero, sin embargo, de vez en cuando me asaltaron algunas dudas.» En qué consistían estas dudas... fue algo que no trascendió el círculo familiar.*

De cierta manera, este relato describe la infancia de los cuatro adultos de Unordnung und frühes Leid (Desorden y sufrimientos tempranos), *que son cuatro años menores que el autor que escribe esta novela en competición con aquélla del padre. Así se abren perspectivas atrayentes para la lectura de este relato. Incluso sus puntos débiles pueden resultar interesantes. Y si se considera la relación, que podríamos llamar soterrada, entre Till y el escritor filósofo fallecido, marido de Christiane, que tanto se parece al «profesor Cornelius» (sólo que éste está vivo), se abre entonces una dimensión totalmente nueva, sobre todo porque es inevitable reconocer detrás de la madre de los niños, y sin ninguna semejanza física, también a Katia Mann, la madre de Klaus. La lectura del cuento puede orientarse en diferentes direcciones y sobre diferentes niveles del juego. Esto lo convierte en una pieza de literatura específicamente moderna: no tiene nada de inocuo.*

Klaus Mann nunca pudo liberarse de su infancia y juventud; sobre todo, no pudo sobrevivir al padre. Como algunos de sus amigos antes que él, también René Crevel se quitó la vida en Cannes, en mayo de 1949.

DIERK RODEWALD

El Sol todo lo anima; hace bailar a las estrellas.
Si no te mueve también a ti, no eres parte del Todo.

ANGELUS SILESIUS

1

Desde la muerte de su marido, Christiane, con sus cuatro hijos, vivía todo el año en el campo, cerca de un pequeño pueblo bávaro, no lejos de las montañas. Estaban cómodamente instalados en una villa confortable sobre cuyo rojo tejado una veleta con figura de gallo giraba al viento. El jardín que rodeaba la casa era grande. La parte delantera estaba bien cuidada, con senderos y arriates redondos; pero hacia atrás, el jardín adquiría un aire cada vez más salvaje a medida que se aproximaba a su linde con el gran bosque, del que le separaba únicamente una valla de tela metálica.

En medio de bosque se levantaba un asilo para niños ciegos, a los que se podía ver casi todo el día jugando o moviéndose con sus ojos blancos, sin mirada, entre las sombras de los árboles, vigilados por algunas enfermeras, pero a veces solos, paseando hábilmente a tientas acompañados de perros.

Al abandonar el jardín por su parte delantera se encontraba uno en la gris carretera que descendía en suaves curvas hacia el pueblo. También era posible llegar hasta allí atravesando los prados por un sendero que serpenteaba entre sus lomas.

Los cuatro niños se llaman Renate, Heiner, Fridolin y Liseta. Renate tiene nueve años, Heiner ocho, Fridolin siete y Liseta cinco. Mamá tiene treinta y uno. En su cumpleaños tuvieron que esforzarse en encontrar treinta y una velas blancas.

Cuando, a la hora de acostarse, mamá se acercaba a sus camas para darles las buenas noches, a veces aparecía tan maravillosa que no podían dejar de amarla, hasta tal punto, que a la luz del día tal vez se hubieran avergonzado de su excesiva emoción. Cuando estaba sentada en el dormitorio de las niñas, Heiner la reclamaba en seguida con tanta excitación, que ella se veía forzada a desprenderse suavemente de Renate y Liseta. Luego, Heiner le besaba las manos y no cabía en sí de ternura. Cortejándola como un enamorado, la inundaba de palabras cariñosas.

—Eres tan hermosa... —decía una y otra vez—. Eres mil veces hermosa.

El lenguaje no era suficiente para él. La acariciaba con inventadas palabras de cariño inspiradas por una admiración sin límites, hasta que mamá, riendo, se liberaba de su abrazo.

Durante el día, en ocasiones, la vida con mamá no era tan agradable. Cuando estaba fatigada, sus ojos se enturbiaban y a menudo un dolor de cabeza la obligaba a tumbarse en la galería. Con voz cansada alejaba a los niños cuando éstos la abrumaban con sus confusas peticiones.

—Id al jardín —decía en tono vacío—. Allí está vuestro verdadero reino; allí podéis desahogaros...

Es verdad que a este desahogo se oponían dos fastidiosos obstáculos. Uno es el profesor Burkhardt, un joven seguro de sí mismo, de pelo castaño y buen humor, que acude a diario con una pequeña carpeta de cuero bajo el brazo para dar clase durante dos horas a Heiner y Renate. Como persona, el profesor Burkhardt no es realmente odioso, pero lo que tiene que hacer con ellos resulta demasiado aburrido. El cuaderno de aritmética y el librito de religión son igualmente repulsivos, y el profesor Burkhardt, si los deberes están mal hechos, tiene la costumbre de amenazar con lo peor.

—Te haré ir a la escuela del pueblo —promete con aire severo—. Mañana a las ocho estarás sentado en mi clase; se terminaron nuestras lecciones particulares. Si mañana no te has aprendido el tema, todos se reirán de ti.

Los ojos de Renate y Heiner se oscurecen por la angustia y sus asustadas miradas se encuentran. Todos se reirán, de eso están firmemente convencidos. Los niños de la calle también se ríen mucho cuando los cuatro hermanos se pasean con caras sombrías y a la defensiva dentro de sus blusones de colores, mientras la niñera, que hace calceta, les sirve de protección.

Durante los ratos que el profesor Burkhardt pasa con los mayores, las energías vitales de los niños parecen reducirse, casi apagarse. Solos, les falta imaginación para sus grandes y atrevidas diversiones habituales; así que permanecen sentados, pequeños y abandonados, ocupados en estúpidos juegos de dados, o bien, desganados, hacen compañía a Afra, la cordial cocinera, que hunde resueltamente sus manos en la masa para el pastel.

Naturalmente, la niñera, la señorita Konstantine Bachmann, es un enemigo mucho peor y más peligroso que el profesor Burkhardt. Porque mientras que el poder del pedagogo dura solamente dos horas diarias, la molesta intervención de la señorita Konstantine Bachmann puede tener lugar en cualquier momento. Con la calceta entre los dedos, una profunda indiferencia en su blanca cara ligeramente hinchada, aparece de improviso entre los arbustos, bajando su mirada aburrida y levemente molesta sobre estas labores que despacha con tan irritante celeridad. ¿No parece el mismísimo maligno, el enemigo, el principio del Mal, así, de pie, con su deslucida chaqueta de punto, su falda azul y su ondulado peinado de un rubio apagado?

—¿Qué clase de travesuras estáis haciendo ahora? —pregunta despectiva y fría.

Mirad, ahora levanta el pie levemente; mirad, ya empuja suavemente algo que era de la mayor importancia, como si quisiera, con desgana, comprobar su solidez. Había sido un edificio en la arena, una ciudad entera, el palacio de un califa.

Cuando la señorita Konstantine estaba de buen humor, también sabía ser alegre y amena, y entonces los niños, agradecidos, se reían de cada una de sus bromas. En aquellas horas escogidas solía contar cosas de Düsseldorf, su ciudad natal; pronunciaba este nombre casi sensualmente, modulando con sumo cuidado, como si se tratase de la palabra más fina de nuestro idioma, con una «D» inicial más que suave, voluptuosa. Incluso contaba pequeñas anécdotas familiares efusivamente, historias divertidas de su señora madre y de su hermana casada.

—Imaginad —charlaba alegremente entonces—: una noche, tarde ya, llego a casa. Había bebido tal vez un poco más de lo que pedía mi sed, y mi hermana Liesbeth, la muy pilla, se había escondido en mi cama. Pero una de sus manos estaba sobre la mesita de noche; quizá la había puesto allí en sueños. Y yo, a oscuras, buscaba tanteando la lamparita, cuando noto los dedos de mi hermana. ¿Y sabéis lo que creí? Pensé que me había dejado allí unas salchichas para que las saboreara al llegar cansada a casa. Estuve a punto de ir por un cuchillito para cortarlas. ¡Ja, ja! ¡Cómo habría chillado Liesbeth! Sí, sí —se reía, jovial y divertida—. Así eran las cosas en mi Düsseldorf...

Pero ay de los niños si más tarde, en algún momento inoportuno, bromeaban sobre los dedos de salchicha de su hermana. Esto resultaba tan ofensivo para ella, que no les hablaba durante el resto del día. Sólo decía: «Eso es un insulto para toda mi familia.»

Lo peor era cuando recibía una carta desagradable de su novio. Entonces se mostraba del todo intratable. Por cualquier nimiedad reñía a la pequeña Liseta hasta que ésta empezaba a llorar, y cuando lo había logrado, le daba un cachete y siseaba furiosa:

—Para que sepas por qué berreas.

No estaba bien que en estos casos mamá diese la razón a la señorita Konstantine. Cuando los niños venían a quejarse, sólo sonreía y decía que la señorita Konstantine ya sabría por qué lo hacía. Pero, de todos modos, consolaba a Liseta.

En aquellos momentos casi podían odiar a mamá, aunque no lo hubieran admitido por nada del mundo. «¡Es injusta!», susurraban los niños, indignados. Pero la bella mamá permanecía sentada, con la mirada vacía, las manos en el regazo, afligida porque intuía que sus hijos ahora rebeldes se le convertían en completos extraños durante esos minutos.

En verano era cuando mamá parecía más adorable. Iba a bañarse con los niños, dejando de lado, a la izquierda, el sendero a través del prado. Después de haber andado un trozo en dirección al pueblo, se llegaba al estanque Klammer, que se extendía negro y cenagoso entre los severos abetos. Ni los abetos del bosque eran tan oscuros y majestuosos como éstos, que solemnemente daban sombra al agua. Pero el estanque se volvía más amable gracias a que sobre su superficie oscurecida flotaban nenúfares redondos como platos.

Los niños amaban sobre todo el olor de la caseta de madera donde se vestían. Era un olor extrañamente familiar, a fango, agradablemente mezclado con los efluvios de trajes de baño y albornoces puestos a secar. Los niños lo aspiraban, olisqueando, aunque les parecía poco apetitoso, incluso indecente, casi perverso.

Mamá estaba sentada en traje de baño

sobre el trampolín. Todos los señores la miraban con curiosidad desde la zona de los caballeros, pero ella mantenía la vista baja. Sus magníficas piernas brillaban blancas al sol, y era embriagador observar cómo levantaba los brazos y cómo, con una sonrisa aturdida, expectante, extrañamente muerta a la vez que curiosa alrededor de su boca entreabierta, con los brazos en alto, bajaba lentamente desde la caseta la resbaladiza escalera de madera, escalón tras escalón, hasta que el agua, negra y helada, acariciaba sus pies y ella, feliz y con un escalofrío, se inclinaba para entregar por entero su cuerpo a estas caricias.

Los cuatro niños estaban sentados en hilera sobre el tronco que separaba la zona de los que no sabían nadar de la del agua peligrosamente profunda. Los cuatro balanceaban sus delgadas piernas y se salpicaban entre gritos que resonaban por encima del estanque.

Renate era la única de ellos que se atrevía a nadar de verdad. Muy seria y cuidadosamente se tumbaba en el agua, firmemente convencida de que se hundiría si se olvidaba de uno solo de los movimientos que le habían enseñado. Sin la menor concesión, contaba con sus labios azulados —uno, dos; uno, dos— y se movía valientemente. Pero Heiner se defendía con temor cuando se le sugería que hiciera algo parecido, y se negaba con insistencia, preocupado por su vida.

La fea cuidadora de los baños estaba de pie en la orilla y bromeaba con ellos. Tendidos en una cuerda se secaban bañadores rojos, cómicamente hinchados por el viento. En la zona de los caballeros, los hombres permanecían delante de sus casetas envueltos en albornoces de colores, charlando y fumando sus puros. Otros resoplaban en el agua más fuerte de lo necesario, con el pecho cubierto de vello negro.

Pero mamá nadaba a lo lejos, entre los nenúfares y los juncos. Movía la cabeza y reía levantando una mano del agua, impulsándose con la otra, avanzando y parpadeando frente al sol.

En verano iban a buscar bayas. En medio del bosque, mamá, rodeada de muchas zarzas, permanecía sentada sobre el tocón de un árbol, apática, aturdida por el calor. Los cuatro niños corrían agachados de un lado a otro, recogiendo y buscando con excitación, ya que era cuestión de honor el ser el primero en llevarle a mamá el vaso lleno. Mamá vertía su contenido en el pequeño cesto que tenía a su lado, pero el cesto no era tan pequeño como parecía y se necesitaban muchos vasos colmados de bayas para llenarlo a medias.

En esto también Renate era la más útil y eficiente. Con las piernas cubiertas de rasguños, daba vigorosas zancadas, sin importarle tener que agacharse. El oscuro y enmarañado pelo enmarcaba su melancólico rostro de chico. Viéndola hacer su trabajo, tan delgada y taciturna, parecía un resuelto y serio niño mendigo.

Heiner, sin embargo, prefería jugar con las hierbas. Con frecuencia se sentaba en alguna parte al sol, murmurando y tarareando, ensimismado y feliz. Si se le llamaba la atención y se le reñía por su pereza, inmediatamente se mostraba dispuesto a un amable arrepentimiento.

Fridolin era el único de los niños no realmente guapo. Su cara parecía la de un nomo: una pequeña y retorcida mueca cómicamente enmarcada por un cabello lacio y sedoso, una boca demasiado ancha y el cuello corto. Pero quizás era precisamente él la fuerza impulsora para todo lo que se emprendía. Su personalidad era ciertamente igual a la de Heiner, al que sin embargo se rendía y servía. Cuando se trataba de buscar bayas, él también era muy trabajador; su celo tenía una intensidad inquietante, terrible, que contrastaba con la eficacia racional y melancólica de Renate.

Liseta, con sus grandes ojos, permanecía casi siempre cerca de mamá, sintiéndose aún demasiado tierna y frágil como para participar plenamente en los deberes y tareas de los mayores.

En el camino de vuelta a casa se debía tener cuidado en no acercarse a la parte del bosque donde se encontraba el asilo para ciegos. Mamá se asustaba hasta ponerse a temblar si veía de repente a uno de aquellos niños de ojos blancos, sin expresión ni mirada, deambulando contento con su bondadosa cuidadora.

En aquellos atardeceres de verano, mamá les parecía a sus hijos más bella que todas las hadas y emperatrices. Después de la cena se paseaba cansadamente por el jardín, que a la puesta del sol se transfiguraba en verde oro. Miraba hacia las montañas para ver si parecían lejanas o cercanas y hablaba del tiempo que podría hacer al día siguiente. En el óvalo de su cara, sus ojos tenían un brillo irisado, y su mirada se deslizaba vacía y tierna por encima de las cosas. Tampoco los niños retenían por mucho tiempo esta mirada que los acariciaba con cariño, pero ausente, casi asustada.

Cuando llegaban los cálidos y fuertes vientos del sur, que los niños amaban apasionadamente, mamá casi siempre se ponía enferma. Permanecía acostada, con compresas frescas en la frente, y le parecía que las montañas se le acercaban para ahogarla cuando se las encontraba de pronto tan próximas y tan verdes justo delante de su ventana.

Mientras tanto, los niños corrían alborozados por el jardín y se lanzaban llenos de júbilo con los brazos en alto contra el cálido huracán. Corrían, el pelo ondeando al viento, como una cadena de embriagados bajando por los prados, con un brillo de éxtasis en la mirada. Y mamá, en la galería, casi tenía miedo de estos hijos desconocidos.

El invierno, sin embargo, cuando delante de los prados blancos se erguían los abetos negros y gélidos y el estanque estaba helado, era la época más singular para la familia. Entonces se tenían que quedar en casa casi todo el día, y por la noche se sentaban con libros alrededor de la chimenea. Mamá llevaba una bata de terciopelo y se estremecía, friolera. La señorita Konstantine necesitaba ponerse varios chales para proteger su delicada salud. *Luxi,* el perro, era muy viejo y enclenque, un inválido de pelambre gris que ya había tenido el cariño de papá. La temporada fría le deprimía mucho y se la pasaba malhumorado acurrucado en su rincón. Solamente la rolliza cocinera Afra permanecía alegre y fuerte. Ella acompañaba a los niños para jugar en la nieve, llevándose un trineo enorme y pesado en el que había sitio para ocho. Detrás de la casa del campesino Zwicker tenían su pista para deslizarse. Pero esta pista era demasiado empinada y los montículos de los topos la hacían peligrosa, por lo que pocas veces se llegaba abajo sin haber dado antes varias vueltas de campana. Afra chillaba de alegría y de terror con su voz hombruna mientras todos rodaban por la nieve. Arriba aparecía mamá, que les había seguido inquieta, lamentándose, como si aquello fuera el fin de todo. La familia del campesino Zwicker al completo estaba delante de su propiedad, burlándose insolentemente.

En invierno, los niños leían con gran dedicación novelas de piratas o la versión abreviada para jóvenes de la saga de *Los Nibelungos.* En la mesa, las citas de sus lecturas suponían una agradable diversión, que resultaba confusa y desconcertante para los mayores. «Ya sé —decía Heiner reflexivamente a su hermana mayor—, le falta la mantequilla para untar su pan, Madre Backrogge, pero a mí también, Dios mío, a mí también.» Esto salía en «El capitán Spieker y su grumete». O bien Fridolin declamaba con énfasis: «Así, Hagen von Tronje lloró la primera lágrima de su vida. Lloró por Volker von Alcey, que era el maestro de la risa.»

Entonces se les ocurría componer sus propias poesías. Sobre todo Heiner se pasaba muchas horas delante de sus cuadernos y se enfadaba cuando era molestado. Luego leía baladas horripilantes y atroces, como por ejemplo ésta:

—El arrogante joven Sündebad
perdió el lunes su propiedad.
Se lamentaba con gritos, lloroso,

lo que era del todo espantoso.
Luego en el sofá se tumbaba
a la sombra que le daba
una hoja de roble allí plantada.
Mas de repente, crac, bum, tarumba,
el techo encima de él se derrumba.
El joven apuesto se vio perdido.
Gritó: «¿Para qué habré nacido?
¡Para luego estar muerto y acabado,
por el pie de Dios aplastado!»
Así perecía el desdichado,
en su habitáculo chafado.

Fridolin admiraba mucho aquellas poesías, y Renate tampoco tenía nada que objetar sobre ellas. Mas, para la madre, todo aquello le resultaba extraño y enigmático; comprendía casi tan poco como había comprendido a su difunto esposo. Realmente, los niños se le parecían en muchas cosas. Cada uno de ellos había heredado una parte distinta de él, pero todos tenían en común una imaginación inagotable que vagaba sin conocer fronteras, así como una cierta seriedad y un cierto rigor. Ambas cosas también les venían de él, pero al mismo tiempo, y por cierto bastante inesperadamente, surgían de vez en cuando elementos del carácter más dulce de la madre. La mezcla de sangre era un asunto misterioso.

El padre había muerto antes de nacer Liseta. En la habitación de Christiane, encima de la cabecera de su cama, sobre un paño de terciopelo negro como fondo, colgaba su mascarilla mortuoria. Con una gran nariz y una boca implacable cerrada en un rictus amargo, con mirada severa y soñadora, la mascarilla dominaba la habitación de la viuda. El marido había sido un famoso filósofo, pero ella no conocía ni uno sólo de sus libros. Él le había prohibido terminantemente leerlos. Eran, además, demasiado difíciles para su comprensión. En su despacho, negro, cuya decoración ella, por reverencia y desde su muerte, había dejado sin tocar, sus obras llenaban oscuros estantes. Toda Europa hablaba de sus escritos turbadores y radicales.

Cuando le conoció, su marido era sacerdote católico. El escándalo que se originó a raíz de su abandono de la Iglesia había sido terrible. Su espantosa y abominable rebeldía llegó a atemorizar incluso al papa, al que amenazó en un panfleto monstruoso. Sin embargo, inexplicablemente, vistió hasta su muerte un traje negro cerrado hasta el cuello y nunca apartó de su escritorio su rosario blanco. En su testamento se encontró la orden estricta de poner este rosario en su ataúd. Desde su calamitoso enfrentamiento con la Iglesia, el filósofo se dedicó únicamente a Christiane, de cuyo origen nadie conocía el menor detalle.

¿Quién era mamá? Los niños no se planteaban la cuestión. No sabían si existía un abuelo o una abuela. Sólo conocían a un tío que un día, sorpresivamente, había venido a visitarlos. Era el hermano menor de mamá, un actor de los escenarios de las grandes ciudades. En cuanto a mamá, ¿quién podía hablar mal de ella? Era una preciosísima y misteriosa dama de la burguesía que se había retirado a la soledad absoluta del campo para dedicarse exclusivamente a la educación de sus hijos y al recuerdo respetuoso de su marido. Las pocas visitas que se anunciaban eran rechazadas por la señorita Konstantine por muy de lejos que hubieran venido, y ni siquiera llegaban a ver personalmente a mamá. En invierno, mamá era todavía más inactiva que de costumbre. Andaba mucho por la casa, canturreando, sonriente, y se pasaba horas enteras sentada en su habitación leyendo la Biblia. A veces, cerca de la ventana, inclinada sobre paños oscuros e inútiles, se ocupaba en labores de ganchillo, moviendo sus manos en silencio.

Se levantó para ir a la habitación de los niños. Los cuatro estaban acurrucados en la penumbra, mientras Fridolin contaba a la sordina algo sobre la princesa de los fantasmas, Mee-Mee, cuyas risitas y susurros podían oírse por las noches. Pero de repente todos hablaron de hasta dónde pueden contarse los números, ya que era imposible pasar del trillón. Hablaban excitadamente todos a la vez.

—¡Tiene que ser posible continuar! —exclamaba Renate, indignada—. ¿Dónde puede ponerse el final? Os lo suplico: ¿dónde puede estar el final?

Y Heiner inventó un número nuevo, el mayor, el inconmensurablemente alto.

—«Infinito-Pox» —dijo fervorosamente—; viene después del trillón y luego lo hay siempre. Infinito-Pox: lo hay siempre...

Mamá estaba de pie en el umbral de la habitación y los miraba con ojos asustados. ¿En qué clase de aquelarre se había metido? Con seguridad, aquello era parecido a las cosas de las que hablaban los misteriosos y prohibidos libros de su esposo.

Los niños se distraían en invierno con esta clase de especulaciones. Mas para sus verdaderos, grandes y maravillosos juegos, tenían que esperar a que llegase la primavera.

2

¿Qué podía haber más complicado, más variado, encantador e intrincado que los juegos que ellos mismos inventaban? Los vivían durante el día con toda la seriedad del mundo y eran más cercanos y familiares a su propia realidad que a aquella otra, a menudo molesta, de la señorita Konstantine y del profesor Burkhardt. Un nuevo cosmos se formaba alrededor de ellos cuando estaban sentados juntos, con la mirada absorta en la caja de arena, o más lejos, cerca del depósito de agua, o en el mismo límite del jardín que comenzaba a hacerse extraño, convirtiéndose en algo casi inquietante por la proximidad de los niños de ojos blancos.

Heiner era de entre todos el que más juegos inventaba. Con su blusón rojo vivo bordado de colores, estaba en cuclillas, gesticulando en medio de la hierba, con el pelo dorado alrededor del bello rostro. En las manos tenía siempre dos palitos, a los que pelaba la corteza y que debían tener exactamente la misma longitud. Luego se trataba de evitar catástrofes, de proteger un reino amenazado por crueles invasiones. Fridolin era un buen ayudante. Su devoción se parecía a la astucia y se adivinaban motivaciones demoníacas en su sumisión rayana en la esclavitud. Su imaginación es extravagante: se le ocurren ideas desconcertantes y extremas. Mientras que Heiner se contenta con príncipes, arzobispos y monarcas, Fridolin prefiere trabajar con verdugos, locos y silenciosas brujas. De todos los árboles surgen garras, en toda partes hay peligro, todo está minado de cuevas, *los enanos están en camino.* Pero cuando sus juegos han llegado a las regiones más altas y vertiginosas, Heiner, en un dorado alarde de desfachatez, afirma contundentemente que *él es Dios.* Pero Fridolin le hace saber, desde abajo, ambiguamente y con picardía, que él es el *semidiós.* ¿Y quién se atrevería a determinar en este punto cuál de ellos es más importante, el más poderoso?

Eran muchos los reinos a proteger de los que ellos eran los únicos responsables. En realidad, en estos países, los cuatro niños no eran soberanos en el sentido estricto. Más bien estaban por encima de los partidos políticos, como si fueran un consejo superior, una última instancia. Dedicaban toda su protección a su reino preferido, el de los üsen. Es el país al que pertenecen, sobre todo, los animales, todo lo que parece un poco desamparado o posee grandes ojos conmovedores, como las pesadas vacas del señor Gunderling, de mirada tan apesadumbrada; el viejo perro *Luxi;* algunos bebés que están sentados, sucios, asombrados y abandonados en las eras de las casas campesinas, o también el pobre elefante del libro de cuentos, excesivamente gordo. *Luxi* es el rey del país Üse y lleva la corona con dignidad. Bien es verdad que hay que ayudarle un poco a gobernar, ya que la torpeza y una suave pérdida de facultades son propios de este pueblo.

Klie-Klie es la monarquía de los pérfidos chicos de la calle. ¿No suena ese «Klie-Klie» a risas malignas, a silbidos penetrantes, a tirar piedras y a grosera y descarada alevosía? Los pueblos de Üse y Klie-Klie están enemistados; lo habían estado siempre y desde el principio. ¿Cómo podría ser de otro modo? Las luchas sangrientas ya existían en tiempos remotos.

Últimamente, sin embargo, un nuevo enemigo ha surgido, cada día más sospechoso y merecedor de ser combatido: Wuffig, el país de los mayores, la república molesta y poderosa, donde la señorita Konstantine es la presidenta. Las dependientas de las tiendas son los ministros y las profesoras de piano atormentan al pueblo. Un auténtico país de señoras, desapasionado pero cruel. ¿No hay horas desagradables en las que incluso mamá tiene algo que ver con él? Wuffig, el país de los mayores, es, ni más ni menos, aún peor que Klie-Klie.

Wuffig y Klie-Klie han formado una alianza. ¿Qué puede salir de bueno de esto? El país Üse está amenazado, esto es seguro, y los niños se han reunido, agitados. No hace mucho, cuando el país Üse tuvo su última derrota, que casi había sido la definitiva, Kuli, el pequeño rey-elefante gordo, había sido la víctima en aquella ocasión: Herbert, el peor de los niños de la calle, lo apuñaló durante el solemne banquete real. Como consecuencia estalló un gran tumulto, la revolución. Ahora se trataba de evitar todo aquello.

Más delgada incluso que un chico, el enmarañado pelo moreno cortado «a lo paje» y con la blusa desgarrada, Renate se apoya en el columpio, toda ella en tensión, toda ella voluntad de acción.

—¡Estáis dudando! —exclama enérgicamente—. ¡Debemos intervenir! ¡Les daremos una paliza a los de Klie-Klie!

Heiner, en cuclillas en la arena, asustado, juega con las hierbas y se resiste, rechazando con una sonrisa tanta energía. Fridolin, en un confuso aparte, deja caer que dispone de algunos verdugos y brujas. Y Liseta, naturalmente, permanece pasiva y preciosa, escuchando todo con ojos muy abiertos, como una delicada majestad del país de Üse.

Renate frunce el entrecejo con expresión

huraña y hace silbar combativamente su varita como una fusta.

—¡Esta vez acabaremos con ellos! —exige con crueldad de amazona.

Pero Heiner, ensimismado, acaricia con suavidad sus brillantes rizos. Sin atreverse a sostener la mirada retadora de su hermana, dedica una tímida sonrisa a la arena delante de él.

—Klie-Klie es muy poderoso...

Pero de un solo golpe puede cambiarse todo. Desaparecen los reinos en guerra, desaparecen los peligros y las siniestras conspiraciones. La casa se convierte en un lujoso barco de vapor, y el jardín, en la cubierta de paseo. Todo tiene un aire muy adulto, muy elegante; el viaje los lleva a Asia. Fuera se ondulan los prados como un verdoso mar de olas. Todos llevan nombres de personas mayores, son ricos y no tienen que renunciar al menor deseo. Fridolin se llama señor Von Löwenzahn y es millonario. Heiner se hace llamar señor Steinrück y, naturalmente, posee billones. Las conversaciones discurren en pequeños grupos, los comentarios están llenos de inspiración. La baronesa Baudessin, antes Renate, ha adoptado una manera de ser deportiva, a la americana, y su pequeña dama de compañía, la señorita Liseta von Hirselmann, debe permanecer en un segundo plano, por lo que, en secreto, despotrica un poco.

—Ay —dice el señor Von Steinrück, gangueando con afectación—, este barco ofrece tantas cosas... Todas las noches tres funciones teatrales y tres conciertos. Díganme, ¿adónde iremos a parar con tanto lujo?

Pero, sea como sea, la intrépida baronesa prefiere cabalgar al atardecer por el puente con su corcel.

Incluso las muñecas, normalmente tan inútiles y rígidas, se incluyen en esta vida mundana. Sobre todo doña Madamita, con su vestido rosado y su peluca rubia, tiene un importante papel, y es la más delicada. Bobbelchen, el hijo del señor Steinrück, es, desgraciadamente, un libertino y, por lo tanto, ya está calvo. Su padre cuenta con irritación que hay veces que visita en una sola noche los tres teatros y todos los conciertos, lo que es de una frivolidad tan desmedida, que la baronesa Baudessin recomienda castigarle con una buena tunda.

La señorita Konstantine es «la dama del barco». Uno no la aprecia mucho, pero ¿qué daño puede hacer en realidad? Con la ayuda de una hábil conversación es posible llegar a ignorar su personalidad «wuffig».

Mirad, ahora el vapor atraca. Estamos en la isla Karo, en el Gran Océano. ¿Qué tal un paseo por tierra? ¿No correspondería a las reglas de urbanidad solicitar a la «dama del barco» su compañía?

Pero desde otro punto de vista ocurre que la señorita Konstantine, malhumorada, viene a buscarlos para dar un paseo.

Juntos andan por la mal pavimentada calle del pueblo, cuyas casas están pintadas al modo antiguo. Los santos, en sus fantásticas vestiduras con pliegues de vivos colores, amenazan desde las fachadas de las casas y, con los brazos elevados, realizan milagros. Hordas de chicos invaden las calles. Pero los cuatro hermanos, prendidos en su juego, charlan animadamente entre ellos, como embrujados.

La señorita Konstantine habla con las señoras de la mercería mientras hace calceta. Los hermanos, con sus fantásticos blusones, se mantienen apartados, formando un extraño grupo.

Detrás de las montañas surgen oscuros nubarrones, y los niños se apretujan entre ellos como temiendo que la tormenta estalle en cualquier momento. ¿O tiemblan quizás ante las bendiciones que sobre sus cabezas imparten aquellos santos con los brazos ampulosamente levantados. Su violento conjuro casi parece una maldición. Mientras tanto, los chicos de la calle deliberan entre ellos buscando la mejor forma de molestarlos.

Liseta mira alrededor, embobada y bonita como un pequeño ángel inofensivo. Heiner sonríe amable y distante, inclinándose galantemente hacia Renate:

—Una ciudad encantadora El Cairo. ¿No está de acuerdo, querida baronesa?

Pero Renate, bajo su pelo enmarañado, se limita a echar miradas desafiantes alrededor.

Fridolin, mientras tanto y como si no quisiera contradecir directamente a Heiner, advierte en voz baja, ambiguamente y con una mirada cobarde y oblicua:

—De todas formas, aquí parece que sólo viven caníbales y enanos...

Y esto los hace enmudecer a todos.

3

Durante el paseo de los niños, Christiane recibió en el salón una tarjeta de visita con la que Afra anunciaba a un joven caballero que esperaba afuera. Mamá bajó la vista sobre ella con tanta altivez como si los hombres de la piscina la hubiesen estado mirando de forma improcedente.

—Ya sabe usted que no recibo a nadie —dijo severamente, apartando la tarjeta.

Estaba sentada con la cabeza inexorablemente agachada y los labios ligeramente apretados, como una abadesa que hubiese sido abordada con un recado impúdico. Ni siquiera había leído lo que allí estaba escrito; únicamente había advertido de modo vago que el nombre del joven caballero era Til.

—El señor es de carácter insistente —le decía, desconcertada, la rolliza Afra. No sería fácil deshacerse de él.

La señora estaba extrañamente irritada.

Cansada y asqueada, volvió la cara hacia la ventana. Sólo dijo:

—Pues hágale pasar.

El joven era muy delgado y no muy alto. Su vestimenta era un poco demasiado elegante y algo descuidada; una camisa de seda azul y zapatos desgastados. Le llamaron la atención sus cejas. Eran sorprendentemente espesas y arqueadas; parecía como si las tuviese levantadas permanentemente, lo que confería a sus ojos una expresión abierta, algo infantil y asustada. Pero estos ojos así agrandados y de mirada amplia poseían un azul magníficamente intenso, perturbador.

Christiane permaneció sentada al lado de la ventana con aire severo, espiritual.

—¿Qué desea usted? —preguntó en voz baja y ofreciéndole asiento con un gesto casi ofensivo.

El joven hablaba vivamente, con mucha cortesía, pero sin apartar de Christiane sus candorosos e inquietantes ojos.

—Desde hace mucho tiempo soy un apasionado admirador de su difunto esposo —dijo con soltura e interés—. No sabría qué hubiera sido de mí, humana y anímicamente, sin su obra. Así que, como usted comprenderá, sentí el deseo ardiente y perentorio de conocer la casa donde pasó los últimos años de su vida, su biblioteca, tal vez retratos suyos, y, sobre todo, a usted, señora mía —dijo con una leve inclinación cortés y una sonrisa galante y juvenil—, ya que usted estaba tan estrechamente unida a él.

Hablaba con muy buenas maneras y extremada corrección, pero con demasiada rapidez y una extraña e infantil franqueza que producía un efecto conmovedor y algo cómico.

—¿Es usted también un escritor filosófico? —preguntó Christiane, todavía con su aire de dama distante; pero ahora sus ojos resbalaban por su expresiva cara según hablaba, y alrededor de su boca flotaba aquella sonrisa expectante, muerta y curiosa.

Su pregunta hizo sonreír con halago al joven.

—Sí, sí, según se mire —dijo rápidamente—. Escribo toda clase de cosas, hago toda clase de cosas...

Pocos minutos después fueron recorriendo juntos la casa para que él contemplara todo lo que pudiera recordar a su difunto maestro. Permanecieron uno al lado del otro en la penumbra de su negro despacho.

—Sí, aquí todo permanece en el mismo lugar, exactamente tal como él lo dejó —dijo Christiane en voz baja—. Todos sus libros, su abrecartas, el gran tintero...

Sólo había dos cuadros colgados: sobre el escritorio, la fotografía sepia de un Cristo gótico temprano que, contorsionado por el dolor, impartía su bendición desde la cruz, y, un poco más lejos, una gran fotografía de Christiane de novia, con la cara echada hacia atrás y medio oculta por el velo, con una sonrisa expectante y felizmente aturdida en los labios.

—Sí, él la amó mucho —dijo Til con devoción, mirando fijamente la fotografía.

La viuda contestó, triste y orgullosa:

—Al final me convertí en una especie de símbolo para él.

Dijo la palabra «símbolo» insegura, con dificultad, como si no supiera su significado. Til, de súbito, la miró de lleno a la cara. La encontró asustada, allí, en medio de los libros y delante de las fotografías. Y vio por primera vez su extraordinaria belleza. Sin que viniera a cuento, observó:

—Este Cristo también lo tengo yo... Sí, sabía que su marido la amaba mucho...

Después subieron al piso de arriba, donde encima de la cabecera de la ancha cama de caoba colgaba la mascarilla sobre el paño de terciopelo negro. Sin decir una palabra, Til, con los ojos abiertos como los de un niño, miraba con fijeza el blanco rostro, como si a partir de entonces en toda su vida no debiera olvidar ningún detalle de aquella cara.

—Hasta su final pareció un sacerdote —rompió Christiane el silencio tímidamente.

Til contestó con lentitud, como si tuviese miedo:

—Pero al final ya no creía en nada. Su

única convicción era que todos los valores de nuestra cultura estaban muertos, acabados, que nos esperaba una catástrofe gigantesca, la limpieza decisiva, el diluvio bolchevique...

—Durante los últimos años fue un nihilista —dijo Christiane, apenada y vacía.

Til, sin escucharla, seguía el hilo de sus pensamientos:

—La lectura de sus libros me convirtieron al bolchevismo...

—¡Ah!, ¿sí? ¿Es usted bolchevique? —preguntó Christiane, turbada.

El joven forastero contestó con una breve risa:

—Sí, entre otras cosas.

Estaban de pie uno junto al otro ante la mascarilla, que miraba por encima de ellos en profundo silencio. Su conversación seguía confusa y a trompicones.

—Pero sus libros más bellos siguen siendo los muy católicos —dijo él después de una pausa, sonriendo de otra manera—. Los amo por encima de todo.

Y Til inquirió bruscamente, con interés y acento práctico:

—¿Cuando le conoció usted era todavía sacerdote?

Ella, pesarosa, dijo bajando los ojos:

—Me temo que precisamente por mi causa abandonó la Santa Iglesia. Y nunca lo he podido comprender. Soy una cristiana creyente.

Oyó decir al joven a su lado con voz fría, desamparada:

—Yo ya no creo en Dios.

Ella no se atrevió a mirarle a la cara, pero sabía que sus ojos se habían vuelto mortalmente tristes. En ese momento sintió por primera vez ternura hacia él.

Christiane le pidió que se quedara a tomar el té. En seguida se sentaron en la galería, en la mesita redonda, el uno frente al otro. Christiane, observándole, se dijo que en realidad no era guapo ni siquiera apuesto. Su boca era demasiado gordezuela y su nariz no tenía forma noble. Pero su pelo, rubio oscuro, con raya descuidada, caía bellamente sobre su frente, que era hermosa, y muy hermosos también sus ojos. Su boca, mirándola bien, también lo era. En el fondo, su boca era tan bonita e infantil como sus ojos.

Los niños volvían de su paseo. Se presentaron, y querían pastel. Primero ponían las caras inaccesibles con las que solían asustar a las visitas. Sobre todo Renate, que fruncía el entrecejo en un gesto de mal augurio. Fridolin, con sorprendentes maneras perfectas y con la soltura del contrahecho, preguntó haciendo una torcida y ligera inclinación:

—¿No estaremos molestando? —lo que hizo reír cordialmente al joven visitante.

Til se hizo pronto muy amigo de los niños.

No tenía esa manía de los mayores de hacer preguntas que presuponían que las respuestas eran indiferentes, o que usaban un tono paternalista y retórico, al que los niños solían contestar brevemente y con mal humor. Los miraba con atención, hablando con ellos como si fueran sus pequeños e interesantes iguales. Al punto se animaron todos. Fridolin le explicaba que en realidad se llamaba señor Löwenzahn y que era uno de los empresarios más ricos del continente.

Christiane se mezcló en la conversación mostrando una conmovedora y dulce alegría. En sus mejillas aparecieron hoyuelos y sus ojos brillaban nacarados. Preguntó a Til cuánto tiempo podía quedarse y cuándo se le esperaba de vuelta en la ciudad. Pero nadie le esperaba, sólo su hermano, pero éste estaba muriéndose, y, cuando llegase su fin, ya recibiría un telegrama. ¿Que se estaba muriendo? Christiane se sentía asustada y entristecida.

—El pobre... —dijo con suavidad—. Seguramente aún es joven.

Pero Til no quiso continuar en ese terreno.

—Es enojoso —dijo brevemente—. Nunca puedo alejarme mucho de la ciudad donde está hospitalizado. Me retiene desde hace semanas. Todo puede acabar cualquier día.

Christiane creía no haber entendido bien.

El tono de sus palabras le daba escalofríos.

—¿No está cerca su madre? —preguntó con cierto temor.

Pero él contestó con dureza:

—No. Nuestros padres han muerto. Mi hermano y yo no tenemos a nadie.

De repente ella reconoció en sus ojos la mirada que tenía cuando antes habló de su fe perdida.

Pensaba quedarse algunos días, informó como por descuido. Se alojaba en el Café am Wald, que no estaba lejos de la casa de Christiane.

—Tengo la intención de trabajar un poco —añadió lentamente, con la mirada perdida—. Debo terminar algo, una pequeña novela... Sí, a veces escribo, por dinero, en realidad sólo por dinero...

En su boca, la palabra «dinero» adquiría un sonido inquietante, lleno de odio y al mismo tiempo voluptuoso.

—Necesito mucho dinero —añadió, y sus ojos parecieron oscurecerse por la ira—. Nunca tengo dinero. ¿Comprende usted lo que esto significa? Es terrible, créame; es más repugnante que la sarna. El dinero es el mismísimo principio de la vida, y ha sido devaluado. Se ha convertido en algo repulsivo, vomitivo, alcanzable sólo para el Mal, inalcanzable para mí, completamente inalcanzable. No se queda conmigo, compréndame bien; se me escapa, no me quiere, se enamora de otras personas, a mí no me soporta.

De pronto, alargando un pie por debajo de la mesa, enseñó un zapato gastado.

—También necesito zapatos nuevos —Y al decirlo, su risa sonó áspera y amenazadora.

—A veces gano dinero —presumía riendo aún—, pero mis necesidades son complicadas. Hay tantas cosas que se pueden comprar...

Los cuatro niños seguían mirando el zapato que cruelmente exhibía. Era puntiagudo, de forma atrevida, elegante en tiempos pasados. Tenía sus bordes coquetamente adornados con dibujos formados por pequeños agujeros.

Pero Til ya estaba de nuevo alegre. Con sorprendente franqueza hablaba de sí mismo. Christiane le miraba sonriente, y los niños permanecían sentados atentos como si estuviesen en la ópera.

—Al principio fui *Wandervogel*[1] —les decía—, desde los dieciséis hasta los dieciocho años. Llevaba una camisa verdosa y estaba muy convencido de que con un poco de ética se podía arreglar cualquier entuerto. Estoy seguro de que fue mi época más feliz.

Les contaba en cuántos sitios había vivido desde entonces; hablaba de París y de Berlín, de El Cairo y de Madrid. Esto le había pasado en Nueva York y aquello en Túnez. Cuando

1. *Wandervogel:* Literalmente, «Ave migratoria». Movimiento juvenil de la Alemania de entre guerras. — *N. de la T.*

Christiane le preguntó por su edad, contestó: «Veintiuno», sorprendiéndose de que ella se riera. Durante su charla volvía una y otra vez sobre el tema del difunto señor de la casa, su maestro desaparecido, bajando la voz con reverencia cada vez que lo mencionaba.

—¿Tenía sentido del humor? —preguntó con cierta desconfianza en voz baja—. Sí, sí —se contestaba a sí mismo—, ya me lo imagino; a veces irónico, increíblemente irónico.

Quiso saber cuál de los niños se le parecía y en qué aspectos.

—Ya me lo figuro. Renate tiene sus ojos oscuros y seguramente mucho de su dignidad. Fridolin habrá heredado su particular aire socarrón. Seguramente Heiner nos lo recuerda también en muchos matices, aunque exteriormente no se le parece. Pero yo creo que ésta debía ser su forma de mirar...

Hablaba en voz baja, para que los niños no le oyeran. No se dirigía ni siquiera a mamá; hablaba para sí, con suavidad y ternura.

En medio de la conversación miró el reloj y se dio cuenta de que ya era tarde. Se disculpó por tener que marcharse y volvió a ser cortés y convencional. Se le ocurrían las palabras triviales y adecuadas: «Ha sido una velada encantadora, señora mía» y «Realmente, todo ha resultado de un interés extraordinario para mí.»

Ella, en un gesto distinguido y un poco pasado de moda, le ofreció la mano para que la besara. Sonriendo dijo que esperaba volver a verle. Él esperaba lo mismo. Inclinó rápidamente su cabeza sobre la mano tendida, pero cuando volvió a levantarla miró por encima de Christiane, prendiendo sus ojos, muy abiertos, en el paisaje.

Llevaba calado hasta la frente un sombrero de suave fieltro gris claro y sostenía con soltura un cigarrillo en la boca. Su aspecto inspiraba cierto recelo, quizá resultaba demasiado cosmopolita, como uno de esos que se pasan la vida en los cafés y en la calle con las manos en los bolsillos, desplegando cierta gracia desmañada e insolente.

—Buenas noches, señora mía —repitió, y su sonrisa pasó de largo, mientras que ella con la suya intentaba captar su mirada.

Los niños preguntaron si podían acompañar al caballero hasta el Café am Wald.

Anduvieron a su lado por el trozo de carretera que llevaba hasta el pueblo. Casi estaba oscuro. Él no les habló, y tampoco sacó las manos de sus bolsillos. Silbaba una melodía grandiosa y triste que subía y bajaba, aleteando arriba y abajo y haciéndose unas veces suave y otras fuerte. La dejaba volar y ondear alrededor como un pájaro negro y solitario al que permitiera hacerle compañía.

Delante de la entrada del hotel se despidió de los niños amable y sereno. Sólo se inclinó hacia Heiner, acariciándole ligeramente el pelo.

Los niños no hablaron mucho durante el camino de vuelta. Cuando llegaron a casa, mamá ya se había retirado. Había encargado a la señorita Konstantine que les dijera que estaba cansada y que los saludara en su nombre.

4

A la mañana siguiente, los niños insistieron en visitar al joven caballero en el Café am Wald. Mamá rehusó, ruborizándose, sin que los niños comprendieran la razón.

—Es imposible —dijo con una sonrisa temerosa que no estaba dedicada a los niños.

Sonreía confusa y feliz, sencillamente, porque sí. Pero esta vez Heiner se mostró enérgico, testarudo. Alegó que nunca había visto la habitación de un hotel, e insistió. No pensaba renunciar; le importaba mucho la visita.

—Bien, si no hay más remedio... —dijo mamá, que ya se estaba mirando al espejo—. Entonces, iremos.

En realidad, nadie había invitado a mamá a unirse a la expedición. Pero los niños estaban de acuerdo, y, así, se pusieron en camino. Mamá, hasta llegar al pequeño hotel, fue quejándose y haciéndose mil reproches.

—No es nada correcto, queridos niños —se

lamentaba mecánicamente, con voz inexpresiva, como si sus pensamientos no acompañasen a sus palabras—. Este señor se extrañará muchísimo...

Era a principios de abril, un ventoso día de primavera. A lo largo de la carretera, sobre los prados, aún quedaban montones de nieve sucia. Todo estaba mojado. Era preciso vadear el barro, y se veía una multitud de pequeños arroyuelos y corrientes de agua que cruzaban los prados. Los árboles sin hojas se sacudían como riéndose. También mamá reía con una risa plateada y excitada, porque el viento parecía querer destruir su peinado. Se protegía el cabello con las manos mientras caminaba tropezando y feliz. Los niños reían con ella; los cinco reían alegres, y así saludaron a la gordinflona patrona del Café am Wald. Subieron la escalera, que olía a comida grasienta de hotel, y llamaron a la puerta número 17. Sin esperar a oír el «adelante», abrieron de golpe la puerta, entrando como un torbellino en la habitación.

Til corrió a su encuentro vestido con un pijama negro. Estaba descalzo y su mojada cara goteaba agua todavía. Blandía la toalla como una bandera.

—¡Estáis aquí! —gritó, contagiado de la risa de los niños—. Me estoy lavando; no os preocupéis por mí.

Volvió corriendo hacia la palangana y, rodeado por los niños, sumergió la cara profundamente en el agua.

¿Pero dónde estaba mamá? Mamá se había quedado abajo. ¿Acaso en medio de las risas se lo había pensado mejor? ¿Se había escondido maliciosamente en algún sitio? ¿Había vuelto corriendo a casa? ¡Qué insensata! Los niños la reclamaban a gritos, y Til salió con ellos al pasillo, descalzo y chorreando agua.

—¿Mamá, dónde estás? —gritaron los niños.

Y él también:

—¿Dónde estás, mamá?

Pero ella no estaba, había desaparecido, y los gritos no sirvieron para nada.

—Ya nos arreglaremos sin ella —dijo Til alegremente, mientras todos volvían a la habitación.

Se iba vistiendo al mismo tiempo que los niños revolvían sus cosas. Nunca habían visto un revoltijo semejante de libros, revistas y folletos. Al lado de la *Berliner Illustrierte* estaba *La Voluntad de Poder*, el *Nuevo Testamento* debajo de una revista americana de modas, y un escrito sobre patologías sexuales junto a los discursos de Buda. Obras de ciencias naturales hacían compañía a dudosas novelas parisienses de actualidad, todo ello mezclado con folletos sobre Rusia, muchas fotografías, dibujos cubistas y muñecas. Los niños hojeaban excitados todas las revistas, chillando con cierto horror y alegría ante las reproducciones de pinturas expresionistas, llamándose mutuamente la atención entre risitas sobre cubiertas cómicas o títulos extraños. Vestido a medias, Til se acercó. Riéndose con ellos, examinó el caos de libros y cuadernos.

—Sí, sí. ¡Soy un joven europeo intelectual! —dijo, y sus carcajadas eran claras y alegres.

Apenas estuvo vestido, decidió que irían todos a bañarse. Pero este plan asustó a los niños. Los cuatro afirmaron a la vez que eso era imposible. Antes del mes de mayo no se podía ni pensar en un baño. El estanque había estado cubierto de hielo hasta hacía muy poco.

—Tanto frío le dará calambres —profetizaba Renate con aire de precoz sabiduría.

Pero Til, al pie ya de las escaleras, opinó que eso ya se vería.

La encargada de los baños estaba sentada delante de su garita, sin sospechar nada extraño. ¿Quién podía imaginar una invasión tan terrible?

—¡Pero joven, caballero! —graznaba escupiendo al hablar—. Cogerá usted la peor difteria que pueda haber en el mundo. ¡Se lo digo yo!

Renate le dio la razón con vehemencia. Fridolin se volvió sarcástico y perverso:

—¡Toma Meca y Medina! —blasfemó en oriental—. ¡Si no hay más remedio, haga lo que le dé la gana!

Til casi no podía resistir tanto regocijo. Empleó todas sus artes de seducción frente a la vieja, haciéndole mimos y dedicándole tiernos y fantásticos apelativos. Tampoco Renate logró calmarle. Por culpa de Heiner tal vez hubiese desistido de su proyecto, porque el niño se había quedado quieto y con aspecto muy preocupado.

—Sobre todo, que no le haga daño —decía en voz baja.

Til logró al fin que la vieja le diera un traje de baño rojo y se metió en una de las casetas. La mujer, desconcertada, murmuraba para sí que nunca le había ocurrido nada semejante —«¡Y con este viento!»—, mientras él corría por el trampolín, que vibraba bajo sus pies. Reía, muerto de frío, y cuando saltó, saludó a los niños alegremente con la mano, dando una atrevida voltereta en el aire. Su cuerpo brilló por un momento en el espacio y luego desapareció en el agua, salpicando alrededor de él. Los niños se asustaron. Había ocurrido —el calambre—, lo sabían. Heiner no dijo ni una sola palabra, pero su cara estaba blanca, temblaba y le castañeteaban los dientes. Pero, sorprendentemente lejos, la cabeza de Til surgió del agua. Hinchando las mejillas al resoplar, nadaba riendo y dando grandes brazadas.

¿Quién llegaba corriendo por los prados? Era mamá. Pero su cara estaba furiosa. Se acercó jadeando. Se la oía gruñir desde lejos.

—¡No! ¡Esto es inaudito! —gritaba sin aliento—. ¡Pero qué cosas! ¡Es inaudito!

Se paró junto a los niños y pasó sus brazos con aire protector sobre los hombros de Renate y Heiner.

—¡Seguro que quiso obligaros a bañaros con él! —los amonestó con voz quebrada y sin control—. Es terrible por su parte. Una infamia...

Pero el gesto con el que protegía a los niños parecía tenso y artificial. Sus ojos no estaban en los niños, sino en el nadador, que ya regresaba a la orilla impulsándose con amplios movimientos de brazos.

—Se está buscando la muerte —dijo de pronto Christiane con voz débil y quejumbrosa, al mismo tiempo que retiraba sus manos de los hombros de los niños.

Til remontó la orilla chorreando agua, medio desnudo. Con el pelo revuelto se acercó a Christiane.

—No estoy aquí para vigilarle —se quejaba ella, azorada—. Ni siquiera le conozco. Arruine su vida si quiere. ¡Pero mis hijos...! ¡Estoy segura de que también quería convencer a los niños para que participaran en esta locura!

Y de nuevo atraía a los niños hacia sí con aquel ademán artificial y exagerado.

Til estaba de pie frente a ella. Sólo se reía,

sin contestar. Su cuerpo temblaba como el de un joven semental que se detiene después de haber galopado. Su pecho jadeaba y su magnífica risa jadeaba con él, tal como resuella la de un corredor que sin aliento llega el primero a la meta. El traje de baño rojo hacía parecer su cuerpo más desnudo, como si no llevase nada encima. Su risa infantil, y desvergonzada a causa de esta desnudez, hacía que Christiane creyera que la tierra debería tragársela inmediatamente. ¿Cómo podía huir de esa mirada? ¿Por qué la tierra no se abría ahora mismo bajo sus pies?

Se le nubló la vista y extendió la mano detrás de sí buscando apoyo. La encargada de los baños acudió en su ayuda. Los niños miraban horrorizados la cara, blanca como la pared, de su madre desmayada.

Ella, cuanto menos le comprendía, más le amaba. Podía estar sentada durante horas, aturdida y pensando siempre lo mismo: «Ahora le amo, ahora le amo.» Y aunque lo hubiera pensado más de mil veces, y otras mil veces más, el pensamiento era siempre asombrosamente nuevo y avasallador: «Ahora le amo.»

En el fondo, era más amigo de sus hijos que de ella. Con ellos se entendía sin más y, con una naturalidad casi inquietante, estaban de acuerdo en todo. Pronto le iniciaron en la complicada trama de sus juegos. Él sabía de todo y era ciertamente el aliado más poderoso del país de Üse y el enemigo más temible de Klie-Klie. Con el millonario Löwenzahn profundizaba en conversaciones de peso; con mademoiselle Liseta Hirselmann se mostraba galante y atrevido, y supo fascinar a la aventurera baronesa de Baudessin con anécdotas audaces y deportivas. Sin embargo, su amistad con Heiner era más discreta y tierna. Muchas veces se los podía ver juntos paseando por el jardín, o a Heiner que se ponía en camino, pequeño y solo, para visitarle en el Café am Wald.

Til y los niños hacían también largas excursiones mucho más allá de la finca del campesino Zwicker. Se adentraban sin rumbo en los campos y bosques. Bosques nuevos que los niños no conocían y donde los árboles les parecían vivos y gigantescos.

Durante estos paseos, él sabía contarles cuentos que eran más extraños y arrolladores de lo que nunca hubiesen imaginado.

—Habría sido mejor vivir en épocas remotas —dijo Til a los niños—, mucho antes, hace millones de años. Entonces los hombres aún no existían, ni siquiera los hombres-monos. Éstos surgieron miles de años más tarde, y ya se nos parecían bastante: tenían el corazón pérfido y astuto. Al principio de los tiempos existía una isla, llamada Godwana, donde ahora sólo hay agua, donde ahora está el mar. Allí se encontraba la isla. Allí vivían los primeros seres a partir de los cuales nosotros nos hemos desarrollado durante millones de años. Tenían la piel escamosa y grandes picos, alas y zarpas, y además unos ojos enormes, con una mirada a la que hoy nadie podría resistirse. Entre ellos se odiaban, y si por desgracia se encontraban, un tremendo retumbar de gruñidos recorría la isla. Eran grandes como montañas, y creo que sus ojos eran de un azul difícilmente imaginable, profundo, con reflejos dorados. Si de repente uno de aquellos primeros seres rugientes apareciera aquí, toda Europa rompería a llorar bajo el hechizo de esta mirada. Era una mirada de infinita inocencia, tan conmovedora como horrible. Y este gigante —concluía Til riendo— se tragaría de un solo bocado toda esta Europa compungida y llorosa. Sí, así eran aquellas primeras criaturas, prodigiosamente inocentes y voraces.

Entonces dejaba de reír y fijaba la vista en la hierba que tenía ante sí con ojos llenos de soledad.

Por la tarde decidieron todos dar un susto a mamá. Vaciaron el baúl de los disfraces y se vistieron con ellos. Cuando, por la noche, mamá, ensimismada en sus pensamientos y sueños, entró en su dormitorio y encendió la luz deteniéndose por un momento en la puerta, desde todos los rincones el aquelarre se precipitó sobre ella con gran estrépito. Con capa y capucha color rojo fuego, Fridolin brincaba desde debajo de la cama. Heiner, medio desnudo, triunfaba, radiante, encima del armario, portando una corona de cartón dorado y blandiendo un cetro. Liseta y Renate bailaban con las caras cubiertas por antifaces negros. Christiane creyó haber perdido la razón. No dudaba de que era víctima de una alucinación, y se quedó mirando la escena, temblando y sin gritar. Pero el colmo fue cuando se cayó la pantalla de la estufa y apareció Til, resplandeciente, enfundado en una armadura plateada, profiriendo un grito de guerra a la vez que alzaba sus brillantes brazos. Christiane dio un traspié, empalideciendo, y solamente cuando los cinco, bailando con júbilo, formaron un corro alrededor de ella empezó a reír. Su risa descontrolada e indefensa parecía estar muy cerca del llanto.

Los niños habían acabado con sus nervios y se sentía ofendida por la extraña compenetración que en todo momento los unía a Til. Estaba celosa y no se atrevía a admitirlo.

Pero cuando se encontraba a solas con Til, cada palabra que éste profería la asustaba, y los problemas en los que él se debatía rebasaban penosamente el nivel de su comprensión. Él hablaba mucho de la Rusia soviética y de América, y, al hablar, sus ojos mostraban una expresión abstraída.

—En realidad, actualmente, cualquiera tiene que decidirse entre uno y otro —decía con vehemencia y pesar, sin que ella entendiese muy bien lo que él quería decir—. Son los dos poderes que cuentan hoy en día. Y Europa en medio; ¡qué peligrosa situación! ¡Y la pobre Europa en medio!

En ocasiones pronunciaba repentinamente, y por completo fuera de lugar, palabras grandilocuentes y tajantes. Y esto casi la asustaba aún más.

—Nuestra juventud —decía bruscamente— siempre ha presumido de su problemática y de su situación confusa. Pero en el fondo somos tal vez la juventud con menos problemas que hubo nunca. Sólo hablamos de ellos, pero ni siquiera creemos en ellos. Únicamente creemos en la vida... y en la muerte.

Todo lo que explicaba de su pasado era para ella extraño y terrible. Se vanagloriaba de su habilidad robando.

—Sí —decía alegremente—, conozco el truco. Flirteo con la vendedora y, mientras ella pestañea y ríe, yo me meto en los bolsillos lo que más me gusta: botellas de aguardiente, ricos pasteles ingleses, perfumes hechiceros...

¿Qué podía contestar Christiane? Él también hablaba, con naturalidad y desenfado, de perversiones eróticas que le parecían condenables. Y a duras penas podía parar de reír cuando ella demostraba no saber lo que era un travestido. Con frecuencia se irritaba porque ella llamaba «anormal» el amor homosexual, comparándolo con el amor entre hombre y mujer. Tendía a volverse hiriente cuando ella le contradecía.

—Sí, es verdad que usted es bastante mayor que yo —decía mirando implacable a través de ella.

Entonces ella callaba, dolida. Se sentía la mujer madura que desea a un muchacho.

Le deseaba cada día más y, sobre todo, en los momentos en que menos comprendía sus inquietos discursos. Cuando estaba jugando con los niños en el jardín, ella limitábase a observarlo desde la ventana. Amaba cada uno de sus gestos. Amaba su cabello, sus manos, su boca, sus ojos, sus cejas, su voz, su manera frívola y atropellada de hablar, su descaro, su risa, su melancolía, su cara inquieta y perversa.

¿Cómo se comportaba con ella? Había sabido presentarse como un admirador de su marido. Vivía cerca de allí y no le conocía. ¿No era para sus hijos un compañero de juegos dudoso, con su parloteo vicioso y callejero? La señorita Konstantine ya la había prevenido.

—Señora —sentenciaba, mohína—, este nuevo compañero de sus hijos...

Hacia ella, hacia Christiane, nunca había mostrado ni el menor asomo de un interés personal. Sus vivencias no le interesaban. No la mencionaba nunca, como si no le preocupase lo que ocurría en su interior. «Es cruel —se decía—. Debe de saber lo que me pasa. ¿Por qué no se va? Es malo, es una mala persona.»

Pero al mismo tiempo sentía en cada fibra de su corazón que él era bueno. Pensaba: «Es amoral, un abismo de perversiones, sin orden, sin ley.» Pero sabía que sus pensamientos eran necios y sin consistencia. Él era mejor que ella, y ella le amaba más que a su propia vida.

A veces quería preguntarle si, haciéndola sufrir tanto, al menos eso le hacía feliz. No se atrevía, pero él le contestó por sí mismo. ¿Cómo podía comprender su forma de ser, cómo aclarar sus contradicciones? Al principio había creído que su amor por la vida era apasionado, ya que se entregaba a ella sin prejuicios, incondicionalmente, enteramente. Pero de pronto surgía el miedo que él tenía de la vida, el odio que sentía por ella. Estaban sentados juntos, tranquilamente, cuando de repente empezó a hablar:

—Es una vergüenza, ¿sabe usted?, es una vergüenza vivir. La nada era tranquila y buena. En calma, apacible e ignorada, giraba en su bondad. Entonces algo se movió, brotaron malas convulsiones. ¿Qué demonio era el causante? ¿Qué diablo empujó la nada dándole vida? ¿De qué se vengaba? ¿Por qué deben penar los condenados a la vida? Es una enfermedad, una horrenda maldición... —Y súbitamente, irrumpiendo en un lamento infantil y primitivo, exclamó—: Me gustaría tanto morir, quisiera tanto estar muerto, me da tanto asco...

La ternura que ella sintió por él superó su miedo. En aquellos momentos intuía que sabía más que él, por muy inteligente que fuera. No entendía sus palabras, pero comprendía su mirada solitaria y desesperada.

Su mayor felicidad era cuando a menudo se tranquilizaba a su lado. Paseaban juntos al atardecer, y su camino los llevaba hasta el río.

Allí estaba la noche, con sus luces flotando en ella. Ante ellos estaba el río y también las luces flotaban en él; serenamente se mecían sobre su fluir y pasar. Algunos escasos ruidos llegaban desde la otra orilla: el martilleo de algún taller y, muy de lejos, los ladridos de un perro. El viento agitaba los árboles. Los buenos árboles respiraban el viento. El campo respiraba la noche.

5

Aunque este amor y este gran deseo en el corazón de Christiane aumentaban cada vez más, su manera de ser no cambió en el sentido de volverse inquieta, violenta, apasionada, con ojos febriles. Se movía aún con mayor calma que antes, descansando y esperando tranquilamente. Se había transformado casi en un animal, pero no se sabía en cuál. Un animal blanco, pesado, lleno de felicidad, que, con la mirada tranquila, deambulaba por los caminos del jardín.

A veces se detenía, alzaba la cabeza, levantaba las manos y se estiraba de alegría porque le amaba. Evocaba su nombre con un fervor que llenaba el aire como algo que tuviera cuerpo, algo que se integrara en él como un color.

Cuando había estado sola durante todo el día y llegaba el crepúsculo, le parecía haber aprendido a amarle aún con mayor fervor. ¿No había sido pequeño y violento su amor por la mañana, como un siseante fuego de paja? Pero ahora se extendía, aumentaba en profundidad y peso, ahora crecía.

Apenas conocía ya a sus hijos. Cuando los veía jugar en alguna parte del jardín, le parecían extraños y feos, criaturas impertinentes y delgaduchas. Los niños se daban cuenta de ello y la evitaban con temor. Durante las comidas, sus ojos, tímidos e inquisitivos, estaban pendientes del nuevo rostro de su madre. No conocían esa boca entreabierta, y se inquietaban ante esa mirada beatífica y ausente. Su cara seria de sonrisa distraída inclinada sobre el plato, sus suaves gestos de sonámbula con los que sus manos, blancas y algo grandes, manejaban el tenedor y el cuchillo, todo eso los atraía y al mismo tiempo los repelía.

Christiane no se cuidaba de sus cuatro hijos; ahora no era una madre. Todo su cuerpo y toda su alma esperaban la concepción del quinto hijo.

A la vez que el deseo por su cuerpo, creció en ella la necesidad de rezar, que siempre había sido imperiosa en ella. Permanecía durante horas sentada con el rosario entre los dedos, hablando con Dios. Su corazón no podía albergar la menor duda de que en estos días de voluptuosidad y espera, ella estaba más cerca de la gracia y la gloria divina que nunca lo estuvo antes.

Le besó en la galería al terminar la cena, poco después de que los niños se retirasen. Til permanecía sentado a la mesa, callado y con la barbilla apoyada en las manos. Ella presintió que había llegado la hora; así que se acercó a él y le abrazó. Cerró los ojos, y de nuevo la inundó el profundo miedo de aquella mirada que nunca podía comprender. Sabía que si en estos momentos se cruzase con la de ella, sería igualmente dura e inexplicable.

Cuando su boca tocó la suya, él tenía los labios ásperos y secos. Su boca no se abrió. Pero, estremeciéndose de felicidad, ella saboreó el severo gusto de su boca. Finalmente cedió, y sus labios firmemente cerrados se separaron. Por fin él también cerró los ojos, y ahora ella sintió sus manos sobre su cuerpo. Su felicidad era tan grande, que pensó que iba a llorar contra su boca.

Pero al momento se sintió rechazada. La empujó con todo su cuerpo. Andando hacia atrás, huía de ella hasta que sus manos tras él se asieron a la barandilla. En este gesto de huida, su cuerpo estaba tan tenso, que casi parecía que fuera a abalanzarse de nuevo hacia ella. Estaba erguido allí, ante la oscuridad del jardín, como si quisiera huir hacia la noche. Pero al mismo tiempo parecía que surgía de la oscuridad hacia ella.

Christiane, con la humildad más profunda, anduvo hacia él sin ahorrarse ni un solo paso. En silencio se encontró con su mirada, aterrada y desorbitada. Muy cerca ya, le suplicó ingenuamente, tímidamente, pero con tanta seguridad como si no pudiera ser de otro modo:

—Ahora, ven conmigo.

Christiane subió la escalera lentamente, pesadamente, con la cabeza inclinada y los brazos colgando. Aunque dominado por la angustia, Til la seguía como si algo le obligara a ello. También él agachaba su cabeza, si bien apretaba los dientes con fuerza mientras ella sonreía con los labios entreabiertos.

Christiane se sentó en el borde de la cama, quitándose cuidadosamente una prenda tras otra. Allí mismo, en un marco de cuero, estaban las fotografías de los niños, que miraban con expresión seria. Sobre la cama colgaba la máscara blanca de su marido, con su nariz grande, su boca implacable y su frente pura y luminosa.

El amado estaba de pie en medio del dormitorio. La noche clara fluía hacia él a través de la puerta abierta del balcón, y su luz azulada envolvía su desnudo cuerpo como si fuera agua. Se estiró con un escalofrío. Su cuerpo era muy delgado; se podía ver cada costilla. En sus rodillas, los músculos jugaban temblando. Sus pies, juntos y apretados, se enfriaban sobre la alfombra.

Ahora ella, desde la cama, no se atrevía a mirarle. Cerró los ojos. Le asaltó un pensamiento que no se arriesgó a retener y cuya excesiva dulzura la hizo estremecer. ¿Desde dónde le habían enviado? ¿Acaso no reconocía a este ángel que traía la inquietud a su cámara? Ella se llamaba María y estaba allí para concebir.

Él se acercó lentamente a su cama como si sólo buscase calor. Y solamente entonces ella le miró a la cara. Su mirada todavía tenía aquel brillo duro, pero en su entreabierta boca afloraba una suave sonrisa. Ella le tomó ambas manos y no pudo saber si estaban ardiendo o heladas. Sólo notaba que temblaban.

Entonces fue creciendo en ella un nuevo sentimiento que seguramente había estado latente en su interior, pero que ahora despertaba en su conciencia con fervor y fuerza. Se iba extendiendo en ella y le pareció más profundo y conmovedor que cualquier deseo amoroso.

Este cuerpo llenó de compasión su corazón. Una compasión tan grande que amenazaba con hacerlo estallar: *compasión de su cuerpo que estaba allí, en la noche.* Que sus hombros fuesen *así,* y así sus delgados brazos, que cruzaba sobre el pecho a causa del frío, y así sus adoradas rodillas, su frente, donde su pelo caía húmedo: podría haber llorado por esto. Éste era el cuerpo que él había recibido, que tenía que vivir, resistir, aguantar el frío, desear, alegrarse. Su alma estaba en este cuerpo, lo único que poseía, y que ahora estaba allí, de pie en la noche.

Nada en este vasto mundo lleno de pena le pareció más triste que esto. Cualquier tristeza que se pudiera describir venía de la razón, era explicable y, por lo tanto, poco importante.

Pero esta otra, esta tristeza del cuerpo, estaba más allá de la comprensión siempre limitada: era inexplicable y, por ello, grande. Esta compasión colmaba la ternura con la que ahora ella acariciaba su cuerpo. Estaba medio incorporada sobre la cama y tenía sus manos sobre las caderas del amado.

—Ven conmigo —le rogaba desde abajo.

Pero él decía que no con la cabeza.

Dos veces más le pidió que se acercara para calentarse y no quedarse allí de pie temblando, obligado por su orgullo. La tercera vez cedió y ella le atrajo hacia sí.

Y lo más maravilloso fue cuando pudo por fin envolverle con las mantas, envolverle cálidamente, hasta el cuello.

—¿Estás bien ahora? —le preguntaba una y otra vez—. ¿Ya no tienes frío?

Entonces él volvió su cara hacia ella y su mirada reflejó un fervor como si desde hacía muchos años hubiera esperado este momento.

Más tarde, cuando ya hacía tiempo que Til se había dormido a su lado, ella seguía despierta. Con la cabeza apoyada en sus brazos, acarició de nuevo su cuerpo, pero esta vez con la mirada. Con una minuciosidad embriagada de ternura, no se olvidó ni del menor rincón de su cuerpo.

Le pareció alcanzar ahora un fugaz conocimiento, una pequeña idea que creía buena y digna de ser retenida. «Hay dos clases de vida —pensó lentamente—: una en reposo y otra en movimiento. Hay dos clases de anhelos: el que impulsa y el que retiene. Y cuando se realizan los esponsales de esta vida en reposo y esta vida en movimiento, surge la concepción.»

Sonreía dichosa creyendo haber tenido un pensamiento inteligente, ella que siempre se había considerado tonta. Con una sonrisa feliz, se reclinó sobre las almohadas.

De repente se hicieron presentes en su memoria muchas noches de amor con su marido. Veía sobre sí su cara grande que casi había temido, sus negros y brillantes ojos, su gran nariz y su enérgica boca, que, con el rigor y la adoración de un himno, había rendido pleitesía a su belleza. En aquellas noches de una grandeza casi insoportable, el perturbador dinamismo de la mente de su esposo se había arrojado sobre la quietud de su cuerpo.

Pero ahora, una y otra vez, se inclinaba sobre aquella cara extraña y adorada que dormía.

¿A cuál de los dos había conocido menos? Sola, al lado de su amado, se estremecía en la fría madrugada.

Sobre ella, con un aire de inclemente regocijo alrededor de su boca, la máscara del esposo soñaba sus ensueños mortalmente serios frente al alba que nacía.

6

A la mañana siguiente, Til llegó cuando Christiane, con el cabello suelto, todavía estaba sentada delante del espejo. Vestía un abrigo de viaje a cuadros grises y un ligero pañuelo azul alrededor de su cuello y en la mano llevaba una pequeña maleta de cuero amarillo.

—Sólo vengo a despedirme —dijo deteniéndose en la puerta.

Ella ni siquiera se volvió. Le miró fijamente a través del espejo. Él permaneció tranquilamente en la puerta con su maletín. Ella preguntó sin tono en la voz:

—¿Por qué? ¿Tienes noticias de tu hermano?

Él se limitó a contestar:

—No. Pero es necesario que me vaya.

Christiane no se movió, no gritó. No podía llorar. Después de un tiempo largo, muy largo, durante el que había estado sentada inmóvil como petrificada, preguntó en voz baja:

—¿Puedo ir contigo?

Entonces Til sonrió desde el cristal del espejo. Allí estaba su pálida cara encima del azul fuerte de su pañuelo, su mirada solitaria de ojos muy abiertos; encima, las cejas levantadas, curvas y negras, hacían arrugar ligeramente su frente. Y alrededor de la boca, aquella sonrisa triste, desconocida, angustiada pero amable. Ella veía como se acercaba a ella desde atrás. Ahora estaba junto a su silla. ¿Se inclinaría para besarla? Pero solamente acarició su largo y maravilloso cabello suelto. Con un gesto de suave y fugaz ternura lo hizo resbalar entre sus dedos. Christiane se volvió y le miró directamente a la cara. A esa cara a la que aún decía:

—Nunca comprenderé por qué haces esto.

Pero lo dijo en contra de su propia convicción, en voz baja, débilmente, casi sin expresión, como una mentira. Él no contestó. Miraba de nuevo más allá de ella, con sus ojos todavía muy abiertos, sus misteriosos ojos de animal.

—Sí, tengo que irme —contestó al fin, dejando que sus cabellos se deslizaran entre sus dedos.

Se dirigió al «aula» donde los niños tenían clase con el profesor Burkhardt para decirles adiós. Los cuatro estaban delante de él, de pie, en hilera. Durante mucho rato no querían creer que él se marchaba, y cuando por fin lo comprendieron, sus ojos se llenaron de lágrimas.

—Pero nos volveremos a ver —consoló Til a sus amigos—. Pronto seréis mayores, y entonces nos encontraremos en cualquier gran ciudad.

Esto lo entendieron, alegrándose de esta perspectiva. Les dio la mano a todos, pero cuando le llegó el turno a Heiner, se inclinó más y le besó en la frente. Esto hizo sonreír feliz al niño, que luchaba todavía contra las lágrimas. Era conmovedor ver como temblaba su boca y como sus ojos brillaban de alegría mientras gruesas lágrimas rodaban por sus mejillas.

Para acompañar a Til a la estación, mamá se había puesto un vestido de viaje de color gris que llevaba en muy raras ocasiones. Era elegante, pero no muy moderno. Estaba hecho con tela suave y fina, con una falda larga y holgada. El sombrero gris a juego era alto y extraño. La cara de Christiane carecía totalmente de color. Era blanca y transparente, como hecha de un material valioso y raro. Los ojos, casi negros, trágicamente oscurecidos bajo su blanca frente, brillaban en este rostro.

En silencio dejaron atrás el camino que atravesaba los prados. Anduvieron despacio, ya que Til llevaba su maleta. El camino no era largo. Siguieron por la carretera principal y llegaron a la sucia y pequeña estación del ferrocarril. Allí tuvieron que permanecer juntos en el andén esperando al tren; sólo podía ser cuestión de minutos. ¿Qué tenían que decirse todavía? Ya no les quedaban palabras, ni siquiera sonidos que interpretar. Ya lo sabían todo y sabían terriblemente poco. No hubiera tenido sentido hablar. La palabra era insuficiente y vulgar.

Alrededor de ellos se movían campesinas, mujeres con cestos de huevos. Incluso descargaron unas terneras. Los empleados del ferrocarril se daban importancia. Hubo algún altercado: un grueso caballero se irritaba de manera exagerada. Christiane casi no podía soportar la espera; contaba ávidamente cada segundo. Pero al mismo tiempo temblaba de miedo pensando en el momento en que el tren entrara en la estación. En el fondo, lo creía imposible; seguramente ocurriría un milagro; el tren descarrilaría y muchos morirían, pero a *él* le sería imposible partir, para *él* no habría salida; había cadáveres por medio; se tenía que quedar, se quedaba...

Pero ya estaba llegando el tren. Se acercó con estrépito. Silbando y echando vapor, llenaba, apestoso y negro, la pequeña estación. El jefe de estación organizó las cosas a grandes voces. «¡Dos minutos de parada!», gritaba una y otra vez. En las ventanillas de los compartimentos aparecieron caras grises y altivas. Se burlaban de la pequeña estación.

Til se inclinó sobre la mano de Christiane con un gesto tan fugaz como la primera vez en la galería. Cuando se enderezó, de nuevo miró a lo lejos, por encima de ella. Corrió hacia el tren mostrando mucha prisa. Su cara apareció en la ventanilla al lado de otra extraña.

Cuando el tren se puso en marcha, Christiane gritó y dio algunos pasos apresurados al lado del vagón en movimiento:

—¿No puedo ir contigo? Llevo mi traje de viaje...

Y con un gran gesto desesperado señaló su anticuado vestido. Sí, se había puesto un traje que hasta ahora sólo había utilizado en algunas ocasiones, su vestido de viajar. Era viejo, pero casi no lo había usado. Quería estar totalmente preparada para el caso en que él le hubiese pedido que la acompañase. Ahora había revelado también este secreto. ¿Recibió alguna respuesta? Los ruidos del tren que ya salía se tragaron sus postreras palabras. Pero ella, con una última mirada oscura y desmedidamente concentrada, abarcó una vez más, definitivamente, la cara que se alejaba.

El tren desapareció en la curva y la pequeña estación quedó de nuevo vacía. ¿Cómo podía ahora moverse? ¿Cómo podía volver a casa?

Volvió a casa sin saber cómo. ¿No había tropezado en su regreso? ¿No se habían reído de ella los niños de la calle, no la habían señalado las campesinas con el dedo? ¿Cómo había pasado por delante de sus propios hijos, que la habían esperado en el jardín? ¿Qué les habría dicho? Ahora estaba en su habitación, y lentamente cerró las contraventanas. Sobre todo, no quería ninguna luz; no quería ver nada; no quería moverse; quería estar a oscuras.

Suplicaba unas lágrimas como se pide una gracia, pero las lágrimas no venían. Permaneció sentada en la oscura habitación, dejando pasar las horas. Podía creerse que una muñeca grande estuviese sentada en medio de la estancia. Nadie se atrevía a ir a verla, nadie abría su puerta. El tiempo pasaba sin que ella se diera cuenta de nada. Su dolor engullía el tiempo y era más fuerte que él. El dolor era más fuerte que todo. Todas las cosas estaban hechas de dolor. Ella estaba sentada sufriendo, y su vida sólo consistía en este sufrimiento. Cada respiración era dolor. «La nada era tranquila y buena —pensó lentamente—. En calma, apacible e ignorada, giraba en su bondad. Entonces algo se movió: dolorosas conmociones. Lágrimas que caían en la nada. Dios lloraba en su soledad. La nada recibió los sueños de Dios como la mujer la semilla del hombre; así Dios dio luz a la vida. Toda vida es desolación, toda vida es verdaderamente inconsolable. ¿A causa de qué maldición deben penar los condenados a vivir?» No se movía, no tenía hambre; estaba sentada y sufría.

El día pasó. En medio de la noche se levantó de la silla y empujó las contraventanas, inclinándose hacia la cálida oscuridad tibia y viva, que vino a su encuentro disipando la atmósfera opresiva y sofocante de la habitación. Entonces, algo dentro de ella cedió. Levantó las manos y las tendió hacia la noche, hacia la oscuridad, como si ésta pudiera darle consuelo. Al fin, cuando sintió el viento en su cara, empezó a llorar. Entre lágrimas susurraba su nombre a la noche por primera vez.

Volvió a su silla y llorando se sentó en ella. Al poco tiempo se durmió.

Soñaba con Til; era un sueño corto pero maravilloso. Vio a Til subir corriendo una montaña. Era un esfuerzo que le hacía jadear, pero corría velozmente. Vestía como un joven proletario a quien las cosas no le fueran bien. De su cuerpo colgaban harapos grises que dejaban entrever su delgadez bronceada. Pero llevaba un yelmo plateado, un yelmo grande y brillante de soldado que casi le cubría los ojos. Iba descalzo, sus pies sangraban, pisaba piedras y espinos. ¿Quiénes eran esas pequeñas figuras que le seguían? Eran Renate y Heiner, Fridolin y Liseta. Los cuatro llevaban los disfraces que entonces tanto la habían asustado. La montaña era alta. ¿Cuál sería la meta que los impulsaba hacia la cumbre? Se sumaron más niños a la comitiva; niños desnudos y otros que vestían harapos de colores. El guía, Til, no se volvía hacia ellos y les precedía sin descanso, con los pies sangrando y el yelmo resplandeciente. Detrás se apretujaban cada vez más niños, chicos desnudos con el cabello al viento y niñas con blusas de colores. Miles de niños, miles de cuerpos infantiles tensos, delgados, que gritaban y corrían. Christiane anhelaba ver el objetivo al cual eran arrastrados. Pero no podía vislumbrar esa meta, estaba oculta; sólo oía el jadeo, el júbilo y las exclamaciones de alegría con que los corredores anticipaban la llegada. Til se detuvo y giró sobre sí mismo, encarándose a los niños, que gritaban. Se arrancó el yelmo y miró por encima de ellos. Era el adalid que abarca su tropa con una mirada amplia y luminosa. Luego se volvió y siguió corriendo.

Pasaron los días y las semanas. Christiane volvió a dar paseos con sus hijos y a deliberar con Afra en la cocina. Se podía apreciar la mirada extraña y ausente que había adoptado, su manera lenta de andar, de levantar la mirada, y su forma de sonreír distraída y dulce.

El verano fue el más caluroso en mucho tiempo. Las carreteras polvorientas abrasaban, la tierra estaba cuarteada y gris, los árboles suplicaban el frescor; secos y agotados, soportaban el ardiente azul de estas semanas. El jardín estaba silencioso; sólo se oía a lo lejos el ruido de los bañistas en el estanque. También los niños habían ido a nadar. Christiane estaba sentada sola bajo el calor.

Ahora ya sabía que estaba encinta. No sentía ninguna alegría y tampoco durante mucho tiempo fue capaz de sentir un nuevo dolor. Lo aceptaba apática y casi sin comprenderlo.

El verano la rodeaba con un murmullo, y el aire azul vibraba. Los escarabajos corrían perezosos en la hierba y los girasoles soportaban fatigados sus pesadas cabezas. Fuera del jardín pasaba, encorvado y cansado, un anciano campesino. «Que venga otro niño al mundo —pensaba Christiane, indolente— no cambiará nada. Será uno más a soportar las penas de esta Tierra...»

Pronto llegaría su hermano. Le había escrito diciéndole que lo necesitaba.

Los niños examinaron al joven tío, al que apenas conocían, con timidez y un poco de miedo. Les parecía que era el ser más guapo que nunca habían visto. A su manera, era todavía muchísimo más guapo que la misma mamá. Las tonalidades de su cara eran distintas de las que tenían las personas vulgares, sobre todo alrededor de los ojos, pero también el fuerte rojo de su seria boca resultaba de una belleza sorprendente, casi dolorosa.

Se inclinó sobre la mano de mamá y, musitando algunas palabras, la besó con profunda cortesía y amable seriedad. Con los niños se comportó al principio de forma muy distante. Pero si bien les sonreía, su sonrisa los intimidaba aún más que su cara inmóvil.

A pesar del frescor húmedo del atardecer, paseaban juntos por el sendero a través de los prados. Mamá y su hermano iban cogidos del brazo, sin hablarse. Gastón vestía un amplio abrigo oscuro, con el alto cuello alzado. El sombrero, ladeado, le ocultaba la frente. Su andar, si no realmente airoso, era extrañamente flexible, pesado y sin embargo elástico. Había cortado una larga vara y así parecía haber bajado de las montañas, donde en soledad habría guardado las cabras y correteado con las blancas vacas.

Los niños, a escondidas, trataban de adivinar cuál era su edad. Heiner aseguraba que era el hermano menor de mamá y que no tendría más de veinticinco años. Pero Renate aseguraba con sorprendente firmeza que debía de tener más; ella decía que treinta y tres o treinta y cuatro.

Durante la cena, las sillas se dispusieron de tal forma, que el tío Gastón y mamá ocuparon las dos cabeceras de la mesa, uno frente al otro, mientras Renate y Heiner, Fridolin y Liseta se sentaron a los lados. La mesa se puso como en las ocasiones solemnes; la comida era buena, y se había pedido a la señorita Konstantine que cenara fuera de casa.

Mamá habló poco. El viejísimo perro *Luxi*

estaba tumbado al lado del tío Gastón, cuyas manos, nobles pero un poco grandes, acariciaban distraídamente y con ternura su blanca y decrépita pelambrera. Los niños examinaban una y otra vez la cara del desconocido tío con miradas breves, sombrías y concentradas.

Después de la cena, el tío Gastón y mamá permanecieron sentados largo rato en la galería. Ahora tampoco hablaron mucho, sólo unas palabras de vez en cuando, pero éstas parecían ser divertidas, porque a menudo se reían en voz baja. Pero estaban tan absortos en sus pensamientos, que ni siquiera se dieron cuenta de que oscurecía. No encendieron la luz eléctrica aunque apenas podían distinguirse sentados uno frente al otro.

—¿Papá sigue tan gruñón? —preguntó Christiane, riendo suavemente en la oscuridad.

—Le veo poco —le contestó su hermano—, pero cuando le veo, casi siempre gruñe y patalea.

No mencionaron más a su padre.

Pasearon por el jardín, envuelto en la noche, donde los blancos caminos resplandecían en la oscuridad y era imposible perderse. Sólo a veces los negros arbustos se cerraban encima de ellos, de manera que en algunos tramos desaparecían súbitamente en la profunda sombra. ¿Qué podían contarse Christiane y Gastón? ¿Debía ella preguntarle por su vida en las grandes ciudades? Seguramente él había vivido lo mismo que ella, sólo que de otra manera y posiblemente más de una vez. Entre ellos había esa unión tranquila y misteriosa que existe únicamente entre hermanos. El uno sabía y comprendía lo que el otro había sufrido, y las palabras casi no eran necesarias. Ni siquiera mencionaron el nombre de Til y no hablaron de nada que Gastón hubiera padecido. Sólo le preguntaba cosas superficiales, si tenía éxito y qué tal estaban los teatros. Se contaron mutuamente pequeñas historias de la infancia, y esto les hacía reír.

Era bueno que él estuviera allí.

Las semanas finales del verano eran radiantes, después de aquel sopor abrasador que había abrumado a todos. De nuevo iba cambiando la mirada de mamá: por fin perdió aquella expresión ausente y lejana. Con frecuencia se la veía pasear del brazo de su guapo hermano. La señorita Konstantine y Afra se llamaban mutuamente la atención sobre «la hermosa pareja». Sin embargo, en lo que se refería a la procedencia de la señora, tampoco el señor Gastón facilitó el menor indicio. Aquel padre a quien aludían a veces tan de pasada, ¿era un viejo conde, o un payaso de circo, o el apuntador de un teatro donde Gastón hacía el papel de galán?

Los niños estaban construyendo castillos

en la arena. Mamá se acercó acompañada del tío Gastón. Por primera vez en mucho tiempo, mamá habló con ellos abiertamente y de corazón.

—Construimos un palacio para Til —explicó Heiner, con las mejillas encendidas—, para que cuando vuelva pueda vivir en él. ¡Mira! Está lleno de pasadizos subterráneos y encima hay salones de baile hechos de mármol.

Mamá se agachaba mucho para admirar el palacio subterráneo.

—Sí —decía—, muchos pasadizos y salones...

Continuaba su paseo del brazo de su hermano. Había una gran tranquilidad en el aire y ya podía hablar de Til:

—Tengo miedo por él, ¿sabes? —dijo en voz baja—. Su alma, tan nómada, y tan indómito su corazón...

Se pararon cerca del arriate de los ásteres; Christiane se cansaba rápidamente cuando paseaban. Su hermano miraba las flores, que se recostaban unas con otras: amarillo oscuro, rojo luminoso, blanco... Christiane se apoyó en él; se sentía pesada. Se cansaba incluso simplemente estando de pie.

—¿Será un niño? —dijo de repente, sonriendo.

Su hermano, sin apartar la mirada de las flores, sonrió con ella.

8

Durante sus paseos con la señorita Konstantine, los niños a veces llegaban hasta el cementerio, donde paseaban tan a gusto como en cualquier otro lugar. No le concedían mayor importancia; era bastante parecido a los parques públicos. También la señorita Konstantine permanecía indiferente y arrogante. Leían las inscripciones de las lápidas respetuosamente a la vez que divertidos: «Aquí descansa en paz Elisabeth Städele, hija de terrateniente.» «Aquí descansa en paz Anton Schallmeyer, maestro panadero.» Eran nombres, a veces cómicos, a veces sencillos, pero esto no importaba a nadie. «Aquí descansa en paz...» era una frase hecha, únicamente una manera de hablar que no tenía nada que ver con la muerte. Los niños nunca habían visto un muerto.

Existían dos cementerios: el viejo, en el centro de la población, y, más lejos, cerca de la orilla del bosque, el nuevo. En el cementerio viejo «ya no había sitio»; por lo que sabían los niños, estaba lleno desde hacía muchos años, totalmente ocupado. La mayoría de las lápidas estaban negruzcas y desconchadas, ya que los descendientes de los muertos, o no vivían ya, o se habían mudado a la ciudad. No quedaba nadie que se cuidase de las tumbas. Pero el cementerio nuevo era amplio y al mismo tiempo idílico. En las sepulturas se podía leer que allí reposaba un infante en la paz eterna, una niña pequeña o un bienaventurado niño; sobre las lápidas de piedra había coronas de nomeolvides, conmovedoras, coquetas y delicadas. También se veían lápidas con el retrato del fallecido, de manera que podía saberse que así era Anton Schallmeyer, tan barbudo y tan sobrio, y tan cursi y virginal era Lisbeth Kunz, soltera hasta su bienaventurado final.

Rodeando el cementerio, un porche de arcadas blancas contenía algunas capillas.

Una mañana, cuando los cuatro niños y su niñera paseaban en este cementerio, primero entre las lápidas y luego debajo de los arcos blancos, vieron al oficial de panadero, muerto.

Ya desde lejos habían visto el catafalco blanco, el ataúd, las colgaduras y muchas coronas. Pero solamente en el último instante se dieron cuenta de que un pálido joven estaba tumbado entre esas coronas artificiales. Se quedaron inmóviles y ninguno de ellos se atrevió a pronunciar palabra; incluso la señorita Konstantine parecía estar incómoda.

Le habían juntado las manos de cera sobre la blanca colcha. Le habían tapado hasta la barbilla, pero, como si esto no fuese suficiente, la parte inferior de su cara estaba envuelta apretadamente con un paño blanco hasta la nariz, que se había vuelto afilada. Sólo su helada frente reposaba libremente entre las feas coronas, lo mismo que sus altivos ojos, definitivamente cerrados, y su puntiaguda y noble nariz.

La señorita Konstantine dijo, sobrecogida y con voz diferente de la normal:

—Sí, lo han expuesto aquí; esta tarde lo enterrarán.

La primera en preguntar fue Renate, con tono áspero y asustado:

—¿Quién es..., quién era?

Naturalmente, la señorita Konstantine estaba al corriente de todo y parecía contenta de poder hablar.

—Es el oficial panadero Friedel Müller. Anteayer por la noche se ahogó cuando nadaba. Se bañaba en el río, después de cenar. Sí, seguramente había comido demasiado, y supongo que por eso tuvo un ataque.... Bueno, vámonos —dijo insegura y casi suplicante—, vámonos. ¿Por qué os quedáis ahí parados?

Los niños no se movieron. Los cuatro miraban fijamente la cara envuelta y extraña.

—¿Por qué le han tapado la boca? —volvió a preguntar Renate, esperando sombríamente la contestación.

La señorita Konstantine estaba complaciente, hasta parecía humilde, como nunca hasta ese momento lo había sido.

—Sí, sí —contestó apresuradamente—. Sí, claro; seguramente porque tiene la boca abierta... Al fin y al cabo, se ha ahogado...

De repente, Heiner empezó a temblar con todo el cuerpo. Claro, era eso, su boca abierta. Debajo del paño blanco, ya lo sabía, se escondía el lamento de una boca negra. Los ojos de Heiner miraron fijamente, profundizando en la cara del panadero como nunca antes había mirado la cara de persona alguna. En aquella mirada, sus ojos cambiaron: se habían endurecido, habían adquirido una dureza azul, terca y ensimismada.

Apretó los dientes con tal fuerza, que en sus mejillas se marcaron dos músculos que dieron a su cara un aire más viril. La angustia hizo que todo su cuerpo se estremeciera, pero permaneció erguido ante el difunto. En su cara apareció una expresión nueva, seria, que mucho tiempo después la edad haría definitiva.

La mirada sombría de Renate se posaba de lleno en el rostro de cera. El atormentado interés de Fridolin era como si le hubiesen enseñado una curiosidad terrible y a la vez hermosa;

un grotesco espectáculo de feria del que no podía apartar la mirada.

La señorita Konstantine volvió a suplicar con insistencia:

—Vámonos de una vez; ya le habéis visto...

Entonces, por fin, los ojos de los niños se desprendieron de aquel rostro que tanto los había fascinado. Volvieron a casa en silencio.

Aquella noche, Heiner tardó mucho en dormirse. Su interior estaba dominado por una angustia tan espantosa, tan inquietante, como jamás la había conocido. No era aquel miedo a los fantasmas que alguna noche de invierno le había dominado de una manera superficial y sin fuerza. Esta vez era el temor a la muerte, y, peor que esto, el temor de saber que ya nunca más podría olvidarse de que toda vida estaba destinada a morir: también sus manos, su cara, también su cuerpo.

Cuando cerraba los ojos, el rostro del oficial panadero aparecía frente a él, ahora sin vendas. La imagen de aquella boca negra, abierta en un gesto de lamento y dolor, se cernía sobre su cama. Sollozando, Heiner preguntó a la cara helada: «¿Moriré yo también?» Y aquella boca, abierta para toda la eternidad, le contestó: «Acaso esta misma noche.» Entonces, Heiner gritó horrorizado.

Mamá apareció sentada en una silla al lado de su cama. Le tranquilizaba acariciándole dulcemente la mano. Por fin, el niño pudo llorar.

—Uno puede morir cualquier día —explicó a mamá, trastornado y entre sollozos—, cualquiera de nosotros. Tal vez pronto no quedará nadie...

Mamá le contestó serenamente:

—Pero, a cambio, siempre están naciendo otros. —Se inclinó sobre su hijo, que lloraba, y súbitamente también su apacible cara se humedeció de lágrimas. Estremeciéndose ante aquel misterio, repitió con voz todavía más baja—: Pero siempre nacen otros...

Un día después, Gastón dijo a su hermana que al día siguiente quería marcharse.

9

Poco tiempo después de que mamá y su guapo hermano abandonasen el jardín de la casa en el tílburi, se les ocurrió a los niños la idea de jugar a bodas. Hacía mucho tiempo que no se habían tomado tan en serio un juego, y cuando los cuatro estaban tumbados en la hierba sin saber de qué hablar, esperando perezosamente a que ocurriese algo, incluso aventuras fantásticas capaces de animarlos, Heiner dijo de pronto:

—Hoy me casaré con Renate.

Nadie se rió. Renate bajó la vista, con una expresión de profunda seriedad:

—Aún no he dicho que sí —repuso ásperamente.

Pero Heiner sabía cómo conquistarla:

—No dirás que no —replicó, sonriendo amablemente—. No tienes ningún otro pretendiente.

Realmente, Renate no tenía respuesta a este argumento.

Después de una pausa, Heiner, jugando agachado con unas briznas de hierba, dijo tímidamente en voz baja:

—Me parece que mamá también se ha vuelto a casar.

Todos asintieron, incluso Liseta, cuyos ojos reflejaban credulidad e incomprensión al mismo tiempo.

Dentro de un cuarto de hora se iban a celebrar los festejos, y la ceremonia debía prepararse con todo cuidado. Liseta hacía de dama de honor y además se ocuparía del banquete, que había sido planeado para ofrecer la mayor abundancia posible. Convenció a Afra para que le diera un poco de la blanca masa de pastel, a la que supo dar forma y distribuir con gracia sobre platitos de cristal. Cortó manzanas en deliciosas porciones y agrupó panecillos partidos por la mitad en medio de todos aquellos manjares, consiguiendo un efecto elegante y apetitoso. ¿Quién mejor que Fridolin podría representar el personaje del sacerdote? Astuto y devoto como el pérfido Gran Inquisidor, se envolvió en una oscura capa impermeable y ató unas ramitas formando un enclenque crucifijo. Así, descalzo y extravagante, en pie sobre el escabel de la cocina que hacía de altar, esperaba para dar comienzo a la ceremonia.

Pero Renate todavía estaba arreglándose. Había decidido ponerse su vestido blanco de los domingos, sin que la señorita Konstantine lo supiera. Con poca destreza se puso un gran áster rojo en el cabello. Así adornada, se acercaba torpemente por el sendero del jardín. A pesar de todo, no se había peinado; era una pequeña novia delgaducha con el pelo revuelto. Su negra mirada y sus movimientos algo bruscos eran reflejo inconsciente de su propio encanto.

Heiner, el novio, corrió radiante a su encuentro. Sus ojos brillaban, pero su boca estaba seria cuando, con un amplio gesto, le ofreció el brazo.

Lentamente se acercaron al altar. *Luxi* se arrastraba a su lado con la bondadosa dignidad de su avanzada edad. Detrás seguía Liseta, portando el variopinto banquete como si de objetos de culto se tratase.

Se situaron ante el sacerdote, levantando hacia él una mirada transfigurada. El oficiante, misteriosamente envuelto en su capa, alzó el endeble crucifijo por encima de ellos y preguntó con tono de conjuro:

—¿Realmente deseáis casaros? ¡Ya sabéis que los enanos os arañarán si no sois fieles el uno al otro! ¡Ya sabéis que los señores verdugos os atormentarán! ¿Querréis manteneros fieles por toda la eternidad? ¿Mil años? ¿Cien mil años? ¿Infinito-Pox años?

Agachando sus cabezas, Renate y Heiner contestaron en voz baja:

—Sí.

Estaban sumergidos en un recogimiento tal, tan abismados en la ceremonia, que cuando mamá se acercó no se dieron cuenta. Estaba detrás de ellos, escondida entre los arbustos, con los ojos todavía húmedos por el dolor de la despedida de su hermano. Primero sonrió ante el solemne juego de los niños, de la complicada y grotesca bendición del cura, de la conmovedora devoción de los novios, pero luego su sonrisa dio paso a una profunda seriedad.

Le parecía que nunca había visto así a los niños, que nunca había visto sus caras de aquella manera. Con una lucidez que casi la asustó, presagió toda la vida futura de sus hijos. Ahora estaban juntos prometiéndose fidelidad eterna. Juraban no abandonarse nunca, como si adivinaran que quizás algún día podrían necesitarse mutuamente.

Todavía jugaban juntos, confiados y convencidos de que permanecerían unidos para siempre. Pero fuera, la vida los esperaba; ninguno de ellos podía evitarla. Con seguridad, sería más difícil de lo que nunca antes habían conocido, y exigiría de ellos que aprendiesen a soportarla, vencerla y dominarla. Apenas salidos de la niñez, la vida se apoderaría de ellos. Desde el primer momento no les ahorraría nada; se abalanzaría sobre ellos con toda su enorme alegría, su peligro y su tristeza. Al principio creerían que todo seguía siendo broma y juego, como hasta ahora lo era. Pero pronto estos cuatro niños se darían cuenta de que la vida era seria, mortalmente seria, no importa si se mostraba con aires de comedia o de tragedia.

Pero la madre sabía que resistirían. La madre sabía que serían valientes. Atacados por todos los peligros, envueltos en todas las dificultades, al final tendrían siempre la serenidad necesaria para liberarse.

¿Cómo serían estos niños dentro de quince años? Christiane los vio a todos ante sí:

Renate, con tanto cabello que casi le haría inclinar la cabeza, continuaría siendo esquiva y arisca, introvertida y enérgicamente autosuficiente, con una cautelosa alegría, independiente y solitaria. Pero ya habría sufrido múltiples derrotas, conociendo debilidades llenas de entrega. Esto reflejaban sus oscuros ojos y su hermosa boca, que había adquirido mucha más suavidad.

La mirada de Heiner había perdido su brillo, o tal vez sólo estaba escondida tras muchos velos. Pero su frente permanecía pura. Su pelo, maltrecho y deslucido, colgaba sobre su inocente frente. La boca era la de la madre: ella misma pudo reconocerla en esta maleada cara de niño. Su maravillosa boca, que su severo esposo, hechizado por ella, había venerado, ¿no poseía en la cara del hijo una suavidad aún más inquietante? Esa boca no negaba nada ni a sí misma ni a los demás. Era una boca de mujer bajo una frente masculina que se entregaba a la vida sin medida. Tal vez pronto, al ofrecerse con demasiado fervor al beso de la vida, se volvería vieja y marchita. Una cierta actitud de descuido en las posturas de Heiner la inquietaba y le hacía intuir algo malo. Sin embargo, la madre no temía ni siquiera por él.

Allí estaba Fridolin, retraído e inteligente, lleno de celo y de una extraña ambición. ¿Adónde quería encaminarse? ¿Qué alturas buscaba? Poseía una sonrisa tranquilizadora, y cuando sonreía se frotaba las manos. Apartaba su cara poco agraciada de la mirada de su madre, como si tuviese muchos planes y secretos por esconder. Tenía un andar feo, pero su solitaria y recia figura era conmovedora y fuerte al mismo tiempo. Trepaba por caminos difíciles, montaña arriba, muy lejos de su hermano, hacia otra dirección. Pero de vez en cuando le hacía una seña de maliciosa complicidad: ya se sabe, esa familia nuestra...

Y finalmente Liseta. Ahora, al verla, la madre sonreía. Liseta se había convertido muy rápidamente en una joven mujer. ¿Quién lo hubiera dicho? ¿Se podía saber si era feliz? ¿Amaba realmente a su marido? ¿O sufría a su lado? Nunca hablaba mucho. Pero animosamente soportaba su destino, más sencillo que el de sus hermanos, que marchaban por caminos más atrevidos. Así, Christiane sería pronto abuela; podía ver a los sanos niños de Liseta jugando en la arena.

Nunca había imaginado así a sus hijos. ¡Con qué rapidez se iban a desarrollar desde este momento! Cada uno caminaba al encuentro de su destino, de su peligro, de su esperanza. ¿Debía temer por ellos? Ahora estaba tan convencida de la *fatalidad* de todo lo que iba a ocurrirles, que en su mente esta certeza no dejaba lugar a la preocupación. Les volvió la espalda y se alejó lentamente por el jardín.

En estas tardes de finales de verano no se movía una sola hoja en el jardín. Deseaba sentarse en aquel banco: en el mundo no había un lugar más tranquilo que aquel banco.

Esta lucidez extrema era difícil de soportar. Cada hoja se mantenía inmóvil en su propia existencia. No le llegaba ninguna pasión para aliviar o borrar esta lucidez. Ningún viento le traía desorden o piadosa confusión. En ese momento, la vida pasaba ante ella con implacable claridad. Le exigía ser aceptada tal como era.

Los cuatro hijos, a los que ella había dado la luz, crecían. Cuatro destinos tenían su origen en ella y los cuatro se cumplirían inexorablemente. Un quinto hijo crecía en su seno. *Así era.*

No había dos clases de vida, como ella había creído en aquella noche embriagada: la vida en reposo y la vida en movimiento. Sólo existía la vida, que crecía hacia su encuentro con la muerte.

Nunca podría comprenderlo. Nadie lo había comprendido. No lo analizaba, no buscaba el sentido. Sus hijos lucharían contra esta vida tratando de descubrir y vencer sus secretos. Estaba sentada en su humildad y sólo notaba que esto ocurría.

Mientras tanto, los niños habían iniciado ya el banquete nupcial. Liseta, haciendo pequeñas reverencias, les presentaba la masa de pastel y los trozos de manzana. El cura comía entre muecas de satisfacción. La pareja de novios permanecía cariñosamente abrazada.

10

Llegó el invierno. Los abetos, gélidos y oscuros, se erguían delante de los nevados prados. El estanque estaba helado, y cerca del campesino Zwicker se podía jugar con el tosco trineo de Afra.

¿Cómo estaba mamá? ¿No se volvía un poco más extraña cada semana?

Los niños observaban con cierta aprensión cómo cambiaba su aspecto. Estaba tan gorda, que andaba trabajosamente y dando pequeños pasos. ¿Es que comía tanto o de forma tan antinatural que se hinchaba hasta ponerse así? Su cara aparecía extenuada y al mismo tiempo llena de felicidad. Su sonrisa expresaba sufrimiento y una rara alegría a la vez. ¿Quién podía saber lo que pasaba por su cabeza? En ocasiones se quedaba durante días en su habitación, sentada al lado de la ventana, gorda y sin hacer nada, canturreando melodías, mientras se transfiguraba su mirada. Sus ojos eran más hermosos que nunca, y los niños sentían por ella, ahora prácticamente impedida, aquella desmedida y avergonzada ternura que sólo habían reconocido en el pasado cuando su madre les daba las buenas noches en la cama.

El doctor Beermann, a quien conocían bien y que más de una vez los había auscultado cuando estaban resfriados o tenían fiebre, venía a casa con frecuencia. Con su negro bigote cuidadosamente cepillado, subía y bajaba las escaleras. Reía mientras se lavaba las manos, que luego tenían un olor fresco y masculino. Al inclinarse hacia los niños, la sangre le subía a la cabeza y se le hinchaba la vena de la frente.

—Sí, sí. Mamá tiene la solitaria —decía con su voz de bajo.

Pero los niños no creían la burda broma del médico rural.

La señorita Konstantine, aunque molesta, trataba a mamá con cuidado. En más de una ocasión había dicho que, en realidad, una dama que se preciara no podía quedarse en aquella casa. Pero muchas veces, sin que los niños comprendieran la razón, se portaba con ellos con mayor indulgencia, incluso mostrando cierto exceso de sentimentalismo.

—¡Pobres criaturas! —decía con desdén, pero a la vez con dulzura, sin interrumpir con tanta frecuencia sus juegos.

También la cocinera Afra se comportaba de

una forma inexplicable; parecía complacerse en formular frases curiosas, y muchas veces la veían cuchichear con la señorita Konstantine.

Al anochecer, cuando en su cuarto de juegos los niños se sentaban con las cabezas juntas hablando en voz baja, notaban que algo grande estaba ocurriendo cerca de ellos. Querían saber qué era lo que pasaba. Les parecía que se trataba de algo inquietante, pero, a pesar de la compasiva dulzura de la señorita Konstantine y de las bromas equívocas de la cocinera, todos intuían que era algo muy hermoso.

Mamá entró en la habitación en penumbra y se apoyó pesadamente en el marco de la puerta. Los cuatro pares de ojos oscuros se dirigieron hacia ella.

—¿De quién habláis? —preguntó mamá con aquella dolorosa y feliz sonrisa que esos días tenía casi siempre en la cara.

Realmente, sabía muy bien de qué hablaban los niños.

Una noche hubo ruidos en la casa, que los niños oían medio dormidos y que en realidad habían estado esperando. Algo que se había estado preparando secretamente durante tanto tiempo estaba destinado a hacerse realidad. ¿No sonaba un timbre? ¿No llegaban coches? Incluso creían oír lamentos y gritos.

Cuando a la mañana siguiente entraron en

el comedor, se encontraron con una desconocida: una señora mayor vestida de enfermera que muy a sus anchas bebía café.

—¡Vaya! Aquí están los pequeños —dijo en tono alegre—. ¿Ya sabéis que tenéis una nueva hermanita?

Al principio, los niños no comprendían lo que la vieja quería decir. Empalidecieron, y Fridolin creía que esta vez la bruja en persona había llegado. El susto de los niños provocó una fea risa en la mujer.

Sin embargo, el doctor Beermann se acercó animoso y de buen humor.

—Sí, sí. La cigüeña ha estado aquí —anunció con voz sonora, dando unas palmadas—. Ha dado un buen picotazo a vuestra madre, pero a cambio ha traído una linda hermanita.

Los niños se apretujaron entre ellos, y Liseta empezó a llorar suavemente. Heiner se limitó a preguntar con sonrisa forzada:

—¡Vaya! ¿Somos cinco ahora?

Pero no era eso lo que los abrumaba. La causa de su conmoción y de su inexplicable angustia era algo más profundo.

La señorita Konstantine se mostraba contrariada y resentida. En tono seco y desabrido, observó:

—Sí, la cigüeña ha estado en esta casa. Vamos; venid a ver lo que os ha traído.

Mientras todos salían de la estancia, el doctor Beermann le hizo una observación en voz baja, a la vez que le dirigía de soslayo una mirada significativa:

—Ha sido un parto muy difícil.

Los niños estaban en la puerta del dormitorio de mamá viendo como sonreía, tan blanca en su blanca cama. El doctor Bermann sonreía alegre mientras los invitaba a pasar:

—Adelante —les dijo—. Atreveos a entrar, pandilla.

Se acercaron con los ojos abiertos de par en par, Renate la primera, con mirada desconfiada. Mamá le tendió su hermosa mano; parecía demasiado débil para levantar la cabeza. Estaba descansando, tan distendida como si ya nunca más tuviese fuerza y voluntad para moverse o incorporarse.

En un moisés al lado de su cama estaba el ser por el que había sufrido tanto. Los niños se inclinaron sobre él con recogimiento y observaron en silencio su boquita quejumbrosa y desdentada y sus pequeños puños apretados. Heiner fue el primero en acariciar las agarrotadas manitas. Fridolin permanecía interesado y sombrío. Liseta todavía parecía tener miedo y retrocedía en silencio.

Pero Renate miraba a la pequeña hermana con unos ojos desconocidos hasta entonces. La cara que inclinaba sobre el pequeño cesto había cambiado de pronto; a la vista de la recién nacida, se había vuelto más suave, más femenina.

El doctor Beermann, que se lavaba las manos en el fondo de la habitación, bromeaba:

—¡Ya veréis! Ahora ya no le importaréis a nadie; ni al gato. Ahora la pequeñita será la preferida de todos.

Sin embargo, los niños no se rieron.

En los ojos de Heiner había reaparecido aquella dureza azul como sólo había ocurrido antes una vez. Esta rebeldía en sus ojos se contradecía con la sonrisa tierna y asombrada con que se inclinaba cada vez más profundamente sobre su hermanita.

De pronto, Renate miró la mascarilla del padre, que brillaba en su blancura sobre el terciopelo negro encima de la parturienta. La cara del padre no había cambiado. Su severa y soñadora frente estaba tan apacible como de costumbre. No se encontraba en su mirada ni la sombra de un reproche, ni un asomo de tristeza. Nunca antes Renate había sabido que amaba con tanta intensidad la cara del padre.

Sus ojos se volvieron a los de la madre y sus miradas se encontraron. Y por primera vez sus ojos se comprendieron.

Luego, la madre volvió a bajar la cabeza y se inclinó sobre la recién nacida. Sonrió con los ojos cerrados, cansada y feliz. Dijo, dirigiéndose al interior del cestito, en voz muy baja, como si confiara un secreto a la niña:

—Pero esta vez casi me muero.